AtV

RICHARD VAN CAMP, geboren 1971, ist ein Angehöriger der Dogrib-Indianer, eines Stamms im Norden Kanadas. Er schreibt Songs, Erzählungen, Gedichte. Seine Texte dokumentieren das Leben der »Nordmenschen«, ein Leben in Armut und Ausgrenzung. Der Roman »Die ohne Segen sind« erschien 1996 und errang den begehrten Preis des Verbandes kanadischer Autoren; in Deutschland wurde das Buch mit dem »Jugendliteraturpreis 2001« ausgezeichnet.

ULRICH PLENZDORF, geboren 1934, arbeitet als Drehbuchautor und freier Schriftsteller in Berlin. Mit seinem 1973 erschienenen Roman »Die neuen Leiden des jungen W.« wurde er weit über den deutschen Sprachraum hinaus bekannt. Seine zahlreichen Buchpublikationen sowie seine Arbeiten für Bühne, Film und Fernsehen wurden mit bedeutenden Preisen ausgezeichnet und machten ihn hierzulande zu einem der profiliertesten Autoren. Plenzdorf engagiert sich für Richard Van Camps Bücher, weil er in deren unkonventionellen, jugendlichen Helden seinen berühmten Protagonisten Edgar Wibeau wiedererkennt.

Fort Simmer, im Norden Kanadas, eine eisige und von aller Welt verlassene Kleinstadt. Die jungen Dogrib-Indianer Larry und Clarence verbringen ihre Zeit mit Schreibversuchen, vor allem jedoch mit Alkohol, Musik und Sex. Sie sehen sich als Ninjas – im Norden groß werden heißt kämpfend groß werden – und als Beschützer der Gedemütigten und Gefallenen. Als »dreckige Engel« retten sie das Weihnachtsfest oder rächen Freunde auf brutale Art. Der Segen von Larrys Großvater Snowbird, einem blinden Medizinmann, verändert ihr Leben von Grund auf. Im Casino landen sie den ganz großen Coup, doch das viele Geld gefährdet ihre Freundschaft.

Richard Van Camp

Dreckige Engel

Roman

Aus dem kanadischen Englisch
übersetzt und bearbeitet von
Ulrich Plenzdorf

Aufbau Taschenbuch Verlag

Die Originalausgabe erschien unter dem Titel
»Angel Wing Splash Pattern«
2002 bei Kegedonce Press, Wiarton, Ontario.

ISBN 3-7466-2029-5

1. Auflage 2004

Umschlaggestaltung und Foto gold, Fesel/Dieterich
Druck und Binden Nørhaven Paperback A/S, Viborg
Printed in Denmark

www.aufbau-taschenbuch.de

Fort Simmer

Okay, wir waren tief unten, www.Clarence-und-ich.can. Glaubts mir. Wir hingen Tag für Tag in dieser Werkstatt und machten Ringe. Ziemlich einfach, wenn einer erst mal fertig ist. Du nimmst ein Aluminiumrohr, sägst ein paar Millimeter ab, stauchst das Teil, schmirgelst es ab, polierst es, und fertig. Der Ausbilder, Koala Mercier, war längst jenseits von Gut und Böse, ausgelutscht. Meistens ließen wir ihn in Ruhe. Er hatte bloß noch drei Monate bis zur Rente.

Er sagte, unsere Ringe wären bei weitem die besten. Wir gravierten S.O.P. in jeden Ring, mit coolen gotischen Lettern. S.O.P steht für *soldier of passion*.

Wir mußten hier weg. Unsere Libido war immer zu high, aber die Seele steckte in diesem Käfig von Stadt. Der Kalender sagte: Nur noch vierzehn Arbeitstage bis Weihnachten, und es war noch reichlich zu tun. Clarence und ich, wir schrieben Gedichte, Hörspiele und so, wir waren große Klasse. All unsere fertigen Sachen gaben wir unserm neuen Englischlehrer, Mr. Ron, der fest an uns glaubte, jedenfalls sagte er das. Er sagte, wir sollten auch andere Formen ausprobieren, um zu lernen, wie es geht. Doch als wir ihm unsere Storys gaben, die ziemlich psychedelisch waren, sollten wir plötzlich damit zum Verbindungslehrer gehen. O yeah, damit fiel er uns voll in den Rücken. Sein Name war Mr. Alan, und er hatte so Poster in seinem Büro hängen mit Slogans wie: »Noch haben sie keine Axt erfunden, die einen Traum töten kann.« Und er bemühte sich und alles, bloß kein Schwein konnte ihm folgen. Er redete über Maslows Hierarchie der Notwendigkeiten und Prioritäten und steckte ein Ziel nach dem anderen ab, während wir beobachteten, wie der Himmel immer dunkler wurde.

Es war traurig, ehrlich. Aber was sollte man machen?

Man sollte ins Klo neben seiner Klasse gehen und an die Wand schreiben: »Letzte Chance für *doggy style* 200 Meter!« Unterschrift: »Mister Alan, Verbindungslehrer der Extraklasse.« Und: »Gott schütze BJS!«

Dabei sagte Mr. Ron, wir hätten Prosa, Stücke, auch Lyrik und Romane drauf und wir wären begabt genug, in diese Schreibschule im Süden zu gehen. Ich schwöre, der Mann hatte Wahnvorstellungen über unsere Fähigkeiten. Er fühlte sich berufen, ständig irgendwelche Pamphlete von uns zu verlangen.

Hier ist eins:

Mädchen

Hocken immer zusammen.
Sind die besten Richtigschreiber,
Vergessen nie die Geburtstage,
Möchten wissen, wie dein zweiter Name lautet.

Groovy, oder? Das hatte ich für Dedrie Meddows geschrieben, die mit den verchromten Ersatzzähnen. Alles, was ich noch weiß, ist, daß ich mit Clarence im Klo landete und mit ihm Stein-Schere-Papier um die besten Kondome spielte. Clarence gewann und trieb es mit seiner Cousine ersten Grades. Das war diese Party-Nacht, in der wir stoned waren und uns gegenseitig mit Apfelsaft bespuckten. Ich fühlte mich wie ein verdreckter Holzfäller, und mir blieb nichts anderes übrig, als mitanzuhören, wie Clarences nasse Eier eine ganze Stunde lang auf ihren Hintern klatschten. Slap, slap, slap! Genauso hörte sich das an.

Als ich anfing, an Dedrie herumzufingern, keifte sie los: »Was denkst du dir eigentlich? Was denkst du dir eigentlich?«

Ich war verrückt nach ihren vollen, selbsttragenden Brüsten mit diesen tiefliegenden Nippeln und kreischte begeistert: »Seht euch bloß diese geilen Torten an!«

Sie aber schrie zurück: »Schmutzfink!« und schob mich weg.

Und ich, unter Jesus' Augen, kniff den Schwanz ein.

»Hau ab«, sagte sie. »Hau bloß ab.«

»Schön«, sagte ich, »aber können wir nicht wenigstens knutschen?«

Verdammt, es endete damit, daß wir mit alten Socken um den Hals einen abgefahrenen *black-out dance* aufführten. Eine Stunde später tauchten unsere Mütter auf, und wir redeten nur noch wirres Zeug.

Und jetzt zwei kleine Kurzdramen, die alles über den Winter damals sagen:

Videospiele

Wenn man diesen Mann tötet,
Kann man jene Frau anfassen.

Pornos
Schöne Sache,
Wenn sie sich ineinander verbeißen.
Von Larry Sole und Clarence Jarome

Als ich diese Zeilen schrieb, waren unsere Probleme noch überschaubar. Ich stellte Listen auf, die das bißchen enthielten, das ich zu erledigen hatte: »Flachgelegt werden, Clarence aufwecken, BJS anbaggern, zum Zahnarzt gehen und zum Trommeltanz.«

»Gentlemen!« rief Koala aus seinem Büro. »Wenn Ihre Arbeitsplätze sauber sind, können Sie gehen.«

BRRRRRRRRRRRRRRRRRR. – Das war die Klingel, halb vier nachmittags.

Ich griff mir meinen Parka und meine Fellstiefel. Es war Zeit, Clarence aufzuwecken.

Gott hatte es in jenem Jahr wirklich drauf. Weihnachten und Neujahr fielen beide auf einen Sonntag. Und die Tage waren die kältesten des Jahres: minus 45 Grad. Ohne Windchill gerechnet. Schon mal was vom SAD-Syndrom gehört? Ist so was wie die Holzfällerdepression. Es läuft einfach auf den Mangel an Helligkeit hinaus. Tod durch Dunkelheit. Wir sind Menschen, aber wir sind auch Pflanzen, und wenn Pflanzen nicht genug Licht haben, können sie nicht wachsen, ganz einfach. Und wenn Menschen nicht genug Licht kriegen, fingern sie am Abzug rum. Wie Clarence, wenn ich nicht aufpaßte.

Das gute an den 45 Grad sind die spektakulären Sonnenaufgänge. Sie sind bei uns wie multiple Orgasmen.

Das Licht, wenn es flach über den Horizont kommt, knallt auf die Eisnebel, die über diesem Nest hoch im Norden hängen, und man hat die schönsten Reflexionen, und dieses phantastische Licht kann einen süchtig machen. Schade bloß, daß man sich nicht richtig daran freuen kann, ohne daß einem die Haut aufplatzt vor Kälte. Aber man blutet nicht, man atmet so was wie blutigen Dampf aus.

Und noch was: Der Schnee hier ist so weiß wie Apfelmilch, und die Bäume sehen aus wie explodierende Schnappschüsse. – Geiles Bild, oder?

Reden wir über Hunde. Warum gibt es Hunde auf diesem Planeten? Sie sind Jesus' Kameramänner. Was sie beobachten, erfahren Jesus und alle Engel. Wenn du dagegen mit Nostradamus einen rauchst, nur so zum Beispiel, entpuppt er sich als Spielverderber und verkündet: »Ihr seid längst tot, so tot. Jahrtausend, verschwinde! Bomben! Feuer! Kannibalen! Asseln! Einer von den letzten Stämmen wird sich die Waffen greifen und eure Ärsche toasten!«

Ich: »Hey, Nos! Laß die Finger von der Wasserpfeife und halt deine geschwollene Fresse!«

Wie auch immer. Der Punkt ist, wenn du dir einen reinziehst und gut draufkommst und ein Hund ist dabei, heißt das, Jesus und alle Engel sehen dich. Das ist Fakt! Katzen aber sind die Kameramänner des Teufels, seine kleinen Helfer. Durch ihre Augen beobachten dich Satan und alle seine Untergebenen mit gespitzten Lippen. Und jetzt ist wohl auch klar, warum Katzen und Hunde sich wie die Pest hassen. Der Krieg der Dunkelheit gegen das Licht tobt jeden Tag!

Ola! Die Gedankentiefe dieser kleinen Einlassung bemerkt? – Mashi cho. Danke.

Ich würde mal sagen, ich enthülle jetzt das bestgehütete Geheimnis von Fort Simmer: das von BJS.

Ich weiß nicht, wo sie ihre Oraltechnik gelernt hatte, aber eines Nachts hing ich bei Clarence rum, und ich hatte keine Ahnung, was sie machte, aber Clarence wieherte wie ein Gaul, dem der Schwanz angesengt wird.

Ich weiß nur, er schlief noch Tage danach. Jedenfalls war BJS schon lange weg, als er aufwachte, und Clarence konnte nie davon reden, ohne Zuckungen und Krämpfe zu kriegen. BJS war nicht gerade die Hübscheste in der Stadt, und wahrscheinlich glaubte sie deswegen, über jede Grenze gehen zu müssen. Woher hatte sie das? Aus Pornos? Oder was?

Und hab ich schon erzählt, wie ich an dem Morgen, als ich ohne Clarence in die Werkstatt ging, vom Geräusch brutzelnden Stoffs zwischen aneinandergepreßten Messern wach wurde? Mein Onkel Franky, ein guter Mann mit einem Abhängigkeitsproblem, keuchte vor sich hin und rollte sich dicke Joints. Kein Frühstück. Nicht mal Kaffee. Aber schwarzer Afghane für einen gefallenen Gott auf Kollisionskurs.

»Morgen«, sagte ich, stand auf und jumpte in meine Hosen. »Wie gehts dir?«

»Ganz purpur«, antwortete er und meinte: vernebelt.

»Jed und ich waren die letzten Nächte unterwegs, um Grizzlytatzen für seinen Imbiß beim *drum dance* zu beschaffen.«

Ich sah zu, wie Onkel Franky sich aufpumpte, um

den Rauch in sich reinzuziehen. »Willst du was wissen?« sagte er inhalierend. »Clarence (Zug) hat sein ganzes Geburtstagsgeld (Zug) letzte Nacht bei Tarvis an der (Zug) Bar versoffen.«

»Der kann mich mal«, sagte ich, »dieser verdammte Clarence.«

Noch bevor ich aus der Tür war, keuchte er: »Sal Bright (Zug, Zug) will nicht mehr den Weihnachtsmann machen.«

Aber ich hörte nicht zu. Ich war schon halb in der Schule.

Und jetzt laßt uns mal sehen, was die acht Monate Winter in den Northwest Territories mit uns Säugetieren angestellt hatten.

Fangen wir mit Clarence an. Ich kenne ihn, seit ich hierhergezogen bin. Nachdem ich bei Stein-Papier-Schere gegen ihn verloren und er die Top-Kondome gewonnen hatte, fiel uns das Babygel auf dem Regal ins Auge. Ich fragte ihn: »Wolln wir darum spielen?«

Wir spielten *best out of three*, und ich verlor, ich verlor, ich verlor. Diese ganze Party war ein einziges Narrentrauma. Wir hatten Slayer, D.R.I., Monster Magnet und Danzig aufliegen. Mit meiner Kappe und meinen Fellstiefeln sah ich aus wie ein Menschenfresser, der gutgelaunt abhottet.

Dedrie lächelte mich an. »Ich hatte keine Ahnung, daß du so ein harter Junge bist!«

Sie stand vor mir in ihrem bizarren knallroten Sweater und ihren süßen kleinen ABBA-Schuhen. Ich musterte sie beim Tanzen von oben bis unten. Dann sah ich ihr in den Mund und dachte: JA!

»›Human Pony Girl‹«, schrie Clarence. »Spiel ›Human Pony Girl‹!«

Alter, wie wir loslegten! Kein Pink Floyd bitte! No Jimmy Hendrix. Hardcore war angesagt.

Um es kurz zu machen: Ich hatte den Steuerknüppel zu bedienen anstelle von Dedries Freund Jackie Chan, der Weiße Witwe aus seinem Sportwagen vertrieb. Er war gerade dabei, das Geschäft seines Lebens zu machen, und ich nutzte meinen Vorteil und stillte meinen ewigen Liebeshunger.

Slap, slap, slap.

Es war wirklich ein gutes Jahr für den alternativen Lebensstil. Nebenbei: Großen Porno-Dank an Andrew Blake, musikalischen Dank an MP3, und BJS hatte ich auch kennengelernt, die Blow-Job-Spezialistin.

Zurück zur Sache. Clarence hatte ein Band von mir, das ich Eric geklemmt hatte. Eric und Clarence sprachen nicht mehr miteinander, weil Clarence sich hinter Erics Rücken über ihn ausgekotzt hatte. So ist das Leben.

Hier ist, was Eric auf seinem Band hatte: The Cranes, The Prodigy, Afghan Whigs, Dead Can Dance, Slowdive, Siouxsie and the Banshees, Kate Bush, Jonathan Richmond und The Modern Lovers. Alles allererste Sahne.

Er gab dem Tape den Titel »The Grinder«. Ich wollte es unbedingt haben, um BJS einen Gefallen zu tun.

Wie dem auch sei, ich rannte rüber zu Clarences Haus. Ich bin nämlich sein menschlicher Wecker. Er war so was wie depressiv, und sein Prozac ließ ihn glatt vierzehn Stunden am Stück schnarchen.

Es war der Tag nach seinem Geburtstag. Zu seinem Block mußte man quer über das Kartoffelfeld. Ich trug Wollsocken und wattierte Hosen. Trotzdem fror ich mir den Arsch ab, bis ich da war. Ich zog mir meine Balaclava über den Kopf, so daß ich nur noch durch die Maschen sehen konnte, und doch zitterte ich wie blöd. Keiner auf der Straße außer mir. Kein Girl, dem ich zuwinken konnte. Die Augen tränten mir vor Kälte. Der Schnee lag da wie eine dicke weiße Matratze, die Trucks waren darunter begraben. Man ging wie in gefrorener Schlagsahne. Es war stiller als still, und die Luft war trächtig wie eine schwangere Elchkuh. Eine falsche Bewegung, und die Bäume zersplitterten.

Da war das Haus von Clarence. Ich öffnete mir selber die Tür. Wie gewöhnlich lag Clarence noch im tiefsten Koma. Er war krank geschrieben und mußte nicht zur Schule.

Ich schrie schon auf der Treppe: »Hey, du Mono-Boy!« Keine Antwort. Ich schwöre, Clarence lag seit seiner Geburt im Koma. »Du hast dein ganzes Geld versenkt, gestern?« Ich schmiß ihm seine Hosen an den Kopf, die auf den Dielen lagen.

»Was is?« Clarence schoß hoch. »Das kann doch keiner wissen!«

»Man weiß es aber. Übrigens, wo ist das Band, du weißt schon. Rücks raus!«

Irgendwas hatte sich im Raum verändert. Es herrschte ein völliges Chaos, man konnte vor Bändern, CDs und Magazinen keinen Fuß vor den anderen setzen. Clarence hatte Poster von Morissey, The Cure und The Smith aufgehängt, außerdem Ansichten von Bat Girl, die ihren Latexarsch lieblich in Szene setzten. Sein Wäschekorb lief über, und meine Pornomagazine waren auf dem Fußboden verstreut. Auf einmal sah ich es: Die Wände waren mit Einschußlöchern übersät, mehr als zwanzig Krater, auch in der Decke. Das konnte nur seine schwere 22er AR-7 Survival Rifle angerichtet haben. Man brauchte beide Arme, um sie anzuheben. Sie konnte halbautomatisch dreiunddreißig Schüsse abgeben, so schnell, wie man den Abzug drückte. Wegen diesem fiesen Gerät ging ich nicht mehr mit Clarence jagen.

»Dachte, du hast sie verkauft?«

Er sah mich an. »Dein Band ist da oben auf dem Regal, neben der Schrotflinte. Und jetzt sag mir, wer dir das mit dem Geld gesagt hat.«

»Clarence, was zum Teufel ist letzte Nacht passiert?«

»Spinnen. Überall waren Spinnen. Sie hockten in der Wand.«

Ich starrte ihm in die Augen. War er noch normal?

»Ich weiß, ich weiß. Ich sollte aus dieser Stadt verschwinden.«

Während er sein Sister-of-Mercy-T-Shirt anzog, sah ich mich nach meinem Band um.

»Ich schwörs dir, dieses Haus ist verhext. Ich muß raus hier.«

Endlich fand ich das Band. Gretzky! Ich schob es in seinen Bluster. Jonathan Richmond sang: »I go to bakeries all day long; there is a lack of sweetness in my life ...«

»Larry!« Er fuhr sich mit den Händen durch seinen

Skalp. »Ich bin seit letzter Nacht einundzwanzig, und es ist fast Weihnachten. Ich hab mich umgesehen, unsere Freunde angesehen. Es ist zum Heulen. Ich muß einen Job haben. Ich brauch einen. Ich brauch Arbeit. Ich vermisse die Scheißarbeit!«

»Laß es auf dich zukommen!«

»Auf mich zukommen lassen? – Uns läuft doch die Zeit weg! Hast du eine Ahnung, wie nah ich letzte Nacht dran war, den Abzug durchzuziehn?«

Ich steckte den Finger in eins der Einschußlöcher. »Das ist doch die Sache nicht wert, Mann«, sagte ich. »Nebenbei, womit haben die Spinnen gespielt letzte Nacht?« Aber er ließ sich nicht ablenken.

»Ich bin immer um die Bar gerannt die Nacht, immer um die Tische rum. Geschrien, bis ich taub war. Getanzt mit mir allein. Auf die Geweihe gestarrt von den Karibus und Elchen mit ihren offenen Mäulern, mich entschuldigt bei ihnen. Jemand hatte den Büffelschädeln rote Billardkugeln in die Augenhöhlen gesteckt. Ich hab all die toten Fische an den Wänden gesehen, die Sägefische und Weißfische. Ich hab ihnen Bier in die Mäuler gespuckt als Henkersmahlzeit, und da schmissen sie mich raus. Dabei war es *meine* Party. Weihnachten und *mein* Geburtstag, verdammt, und diese Mondkälber schmissen mich raus. Sie sind selber tote Fische, verdammt. Und Bier richtet doch keinen Schaden an.«

Nach einer Pause sagte er: »Ich habe übrigens Sal Bright getroffen. Er will nicht mehr den Weihnachtsmann machen.«

»Paß auf!« Ich hielt ihm meine Hand hin. »Wir

schließen eine Wette, und zwar nicht unter dreißig Millionen.«

»Dreißig Millionen!?«

»Na sicher, weil wir dreißig wert sind.«

»Das ist Quatsch, Mann. Gehen wir lieber nach Hay River nächste Woche. Da is 'n Bingo.«

»Clarence, Gott hat es uns nicht für ewig gegeben.«

»Was?«

»Was!? Wir alle müssen sterben, hab ich gehört. Du. Ich. Gott. BJS. Nein, Gott nicht. Gott hat es uns kurzfristig gegeben, und wir sollten es nutzen. Ich hau jetzt ab. Vergiß nicht, heute abend ist Trommeltanz.«

»Wo?«

»Freundschaftscenter um acht.«

»Ich mach uns 'n Kaffee. Dann spielen wir Crib.«

»Keine Zeit, Kumpel. Ich hab das Band, und jetzt geh ich zu Eichmann.«

»Eichmann? Ist das nicht der geheimnisvolle Rammstein-Sänger? Warte! Willst du nicht wissen, wie ich mein Geburtstagsgeld versenkt habe?«

»Wozu? Du hast es letztes Jahr versenkt, und du wirst es nächstes Jahr wieder versenken.«

»Larry!«

Aber ich sagte nur: »Bis später, Mann, und *happy birthday*.« Alles aus Liebe, Baby, vor den Augen von Jesus' Kameramännern!

»Ich verdiene es, von einer schönen und intelligenten Frau geliebt zu werden«, sagte ich zu mir selbst, um auf andere Gedanken zu kommen.

Es war unglaublich kalt draußen, so daß ich den Weg durch das alte Volkshaus nahm. Hier veranstalteten die

Stammesältesten mal wieder ihr Vorweihnachts-Happening mit Lametta und all dem Kram. Manche hielten sich die Zeitung vor die Nase und schüttelten ihre Häupter. Warum sahen sie so traurig aus dabei? O Mann, die Alten in dieser Stadt qualmten wie Schornsteine. Was für Triefnasen!

Ich muß euch jetzt was über den Zahnarzt hier erzählen. Er ist kalt wie ein Stein. Der wahre Spitzenmann für Terror, Horror und Folter jeder Art, genau der Typ, der sich vor Lachen biegt, wenn Old Yeller eine Kugel in die Birne kriegt. Aber was solls. Ich betrat seinen Schlächterladen. Jemand hatte diesen Ort als Weihnachtskrippe dekoriert, sogar Musik drang aus seinem Büro. »*Faleece Navee Datt!!*« heulte es. Es war nichts anderes als das Weihnachtsalbum von Boney M. Aus dem Foltersaal kam das Kreischen des Drillbohrers. Dazu das Schnarchen der Kaffeemaschine, die gerade einen frischen Kaffee ausspuckte. Die Wände waren zugeklebt mit Warnschildern: »Vorsicht vor der Kaugummikrankheit! Vorbeugen ist besser als kauen!«

Die ganze Praxis roch nach Schlachthaus und Zimt. Auf einem Beistelltisch lag ein Stoß *Reader's Digest*, ich setzte mich auf die Couch. Ganz links, unter dem Kleiderständer, neben der Kaffeemaschine, stand ein Paar weißer Rentierstiefel, die vor sich hin tropften. Unterhalb eines Parkas breitete sich eine Pfütze aus, die ständig zunahm, und dann waren da noch diese Riesenhandschuhe aus dem Fell eines Riesenkaribus und ein Kind, das mich nicht aus den Augen ließ. Neben ihm sein Vater. Das Kind hatte ein Buch vor sich. Ich holte mir einen Kaffee. Meine Hände waren blaurot. Ich wunderte mich, daß sie nicht aufplatzten. Dann lag da noch das letzte Slave River Journal, auf dessen Titelseite stand: »Sal Bright macht nicht mehr den Weihnachtsmann!«

Ich griff mir das Heft und las: »›Aus politischen Gründen erkläre ich, daß ich der Sache nicht mehr gewachsen bin. Bin ich zu lange in den Indianerbezirken, spielen die Metis verrückt. Bleibe ich zu lange in Kirchennähe, stehen die Denes kopf. Bin ich überall zugleich, spucken die Zugezogenen Galle, und das kann nicht der Sinn von Weihnachten sein. Nebenbei, warum gibt man nicht mal jemand anderem die Chance?‹«

Der Artikel hörte gar nicht wieder auf. Kaum zu glauben. Darüber also hatten Clarence und mein Onkel geredet, und darüber hatten auch die Alten ihre Häupter so traurig geschüttelt!

Ich wollte gerade den Artikel rausreißen, um ihn später ganz zu lesen, da kam eine leichenblasse Frau aus dem Foltersaal gewankt. Ihr Gesicht war halb gelähmt.

»Hallo«, sagte ich und zog mir die Jacke aus.

Der Vater begrüßte sie mit »Liebste!«.

Der kleine Junge fragte: »Mum, kann ich ein Eis haben?«

Sie sagte: »Asha Ukka Ukka!« Ihr Gesicht war selbst aus Eis.

»Bist du okay?« fragte ihr Mann. »Hier ist deine Jacke.«

Sie sah ihn verstört an. Hinter ihr erschien Eichmann höchstselbst.

»Nächste Woche, Barbara? Dienstag um zehn?!«

Barbara drehte sich um und winkte ihm krampfhaft zu, immer noch taumelnd.

»Alsha Ulsha Uka Uka.«

Die Familie verschwand. Eichmann starrte ihr nach, grinsend. Ich konnte hören, wie seine Assistentin für mich das Schlachtfeld säuberte. Ich hatte von den verdammten Hunden in der Highschool gehört, daß sie ein süßes kleines Ding war, das nicht soff und nie ausging. In ihrer ersten Woche hier waren ihnen zu Hause die Köder ausgegangen. Als sie zum Einkaufen an die Bay runterging, hatten sich die Kerle alle in Schale geschmissen und ließen ihre Trucks auf der Hauptstraße schleudern und drehen und Rauch spucken. Und als sie an der Bay ihre Einkäufe erledigte, stolperten all die Packer über ihre eigenen Schwänze, um ihr beim Einpacken zu helfen. Clarence sagte, die Kerle mußten auf der ganzen Linie zum Rückzug blasen. Und jetzt stand ich auf einmal in der Sonne – und womit? Mit einem Bohrer in der Gusche und einer Nadel im Zahnfleisch!

»Larry Sole!« rief sie schon. Eichmann stand immer noch da und starrte nach draußen, wo Barbara und ihre Familie durch den Schnee wankten.

»C'est moi«, sagte ich und hängte meine Jacke auf.

Als erstes sah ich das Haar, dann ihren Busen, der stand wie ein Paar Haubitzen unter ihrer maiglöckchenweißen Bluse. Was für eine Präsenz, Alter! Ich schielte nach ihrem Slimtrim-Hintern, und mit Sicherheit war ihr Bauch ein astreines *six pack*. Ich schob mich auf den Sitz. Er steckte unter diesem raschelnden weißen Papier, das bei jeder Bewegung knistert und knackt. Ich saß, und sie kam aus dem Büro mit einer

Akte. Wow! Sie hatte ihr brünettes Haar zu einem festen Knoten gebunden. Sie versuchte sehr professionell vorzugehen, als sie mir dieses Lätzchen vorband, aber sie mußte sich dabei mit ihrem Busen über mich lehnen, und ich mußte mich gewaltig zusammenreißen, keine Ratte zu sein und meine Zähne in diese Wölbungen zu schlagen.

Eichmann kam rein und schaute in die Akte, die sie ihm gab.

Ich lehnte mich zur Seite und sah auf ihre Schuhe. Mokassins! Aber die Stickerei sah nicht nach Dogribs aus, nicht nach Slaveys und auch nicht nach Chippeways. Woher war sie also?

Eichmann stöberte meine Akte durch. Wahrscheinlich war er auf der Suche nach einer Methode, mit der er mich am besten foltern konnte. Solange ich mich erinnern konnte, hatte Eichmann dieses eine Poster an der Decke. Es war das mit der Warzennasen-Alten, die keinen einzigen Zahn mehr im Mund hatte. Sie war grün und unheimlich, und sie hatte einen Lolli so groß wie dein Arsch bei sich. Und sie fragte: »Noch was Süßes, mein Schatz?« Und hinter ihr häuften sich Berge von Süßkram und Lollis.

In der Highschool waren wir alle der Meinung, daß dieses Poster allein mehr Traumata und mehr Kurzschlüsse nach sich gezogen hatte als *The Exorcist*. Welch perverser Hundesohn konnte sich ein solches Poster ausdenken, das Kinder, Eltern und werdende Mütter gezwungenermaßen ansehen mußten, während ihnen Eichmann das Zahnfleisch zerschnippelte oder ihnen das Gebiß zusammenlötete?

»Wann war dein letzter Termin?« fragte mich Eichmann.

Ich log: »Vor sechs Monaten.«

»Beiß hier rein!« befahl er und schob mir ein Ding in den Mund, das sich mir mit Plastikdornen ins Zahnfleisch grub. Eichmann richtete so etwas wie eine ausgewachsene Rifle auf mein Gesicht, und ich studierte die Squaw, während sie diese schwere Schürze auf mich legte. Ein herzförmiger Hintern. Sweet! Sweet! Die Schürze war bleiisoliert, nehme ich an, und hatte eine große Tasche für die Genitalien. Sie machte das so fürsorglich, als wenn sie mich zu Bett bringen wollte. Beinah hätte ich gesagt: »Gute Nacht, Mama.« Aber war ich nun ein Herzensbrecher oder nicht? Also lehnte ich mich vor und beschnupperte ihr Haar. Es roch sauber und saftig, aber auch etwas verworfen.

»Von welchem Stamm bist du«, fragte ich sie.

»Halt still!« befahl Eichmann und betastete meine Wangen.

»Ich bin eine Deline aus Franklin«, sagte sie, und ihre Augen gingen zwischen mir und Eichmann hin und her. Nervös, weil sie im Dienst war, schätzte ich.

»Kennst du Jed«, fragte ich weiter. Denn Jed war aus Franklin.

»Jed?!« Sie strahlte. »Kenn ich. Wo ist er jetzt?«

»Cember, bitte!« sagte Eichmann, und das hieß wohl: Sei jetzt ruhig. Und zu mir: »Willst du jetzt stillhalten?«

»Er ist mit meiner Mutter befreundet. Heute ist er beim Trommeltanz. Er macht das Catering.«

Eichmann behandelte mich in völliger Stille. Kaum zu glauben: Was für ein Folterknecht. Unter meinem süßen Dogrib-Arsch krachte das Papier, und meine Füße wurden heiß, als wenn ich noch meine Fellstiefel und meine Wollsocken anhätte. Der nach Zimt duftende Tod sickerte in meine Klamotten. Meine Haut schloß noch die kleinsten Poren. Dann verließen er und Cember den Raum, wobei er sagte: »Fertig«, und diese großartige Rifle machte »Brr«, und das wars dann. Ich richtete meinen Blick auf diese Hexe, die durch ihre bröckelnden Zähne gurgelte: »Noch was Süßes, mein Schatz?«

»Aufmachen«, bellte Eichmann, der plötzlich wieder neben mir stand und seine Hand mit den weißen Handschuhen aufhielt. Ich spuckte aus mit meiner gefrorenen Rinderzunge. Ein fasriger, mit Speichel vermischter Blutklumpen kam zum Vorschein, den Eichmann auf eine Plastikklinge wickelte. Er gab das Ganze an Cember weiter, die damit abermals den Raum verließ. Eichmann schob die Klinge in meine andere Backentasche und wiederholte die gesamte Prozedur.

Ich starrte in das Maul dieser Hexe, die nach wie vor fragte: »Noch was Süßes, mein Schatz?« Gleichzeitig startete ich meinen erotischen Wunschfilm: Treibs mit mir, Cember! Slap! Slap! Slap!

Dann waren Eichmann und Cember fertig. Sie flüsterten sich die schwärzesten Geheimnisse zu, und ich dachte wieder an Sal Bright, Fort Simmers Weihnachtsmann. Er *mußte* es auch dieses Jahr machen. So lange ich mich erinnern konnte, hatte er es gemacht, und seine Frau zog ihn mit dem Auto auf dem Schlitten hinter sich her. Er schmiß den gewaltigen Generator für die Tausende von Lichtern an, und die Straßen füllten sich mit quakender Weihnachtsmusik wie von der Hand Gottes; winkend und lächelnd erschien Sal, umwogt von Licht, Musik und Magie.

Man hörte sein »Ho, ho, ho« aus dem Megaphon in der ganzen Stadt. Die Hunde heulten und jagten ihn – tierische Dämonen, die den heiligen Mann niedermachen wollten. Alle Kinder rannten an die Fenster und winkten wie Klosterschüler. Und die Eltern schaufelten die Zufahrten frei, wischten sich ihre triefenden Nasen mit den Rückseiten ihrer Wollhandschuhe und lächelten. – Wenn Sal wirklich nicht den Weihnachtsmann machte, würde dieses Jahr überhaupt nichts passieren. Das war klar.

Obwohl ich ein scheinheiliger Prediger war, jedenfalls meistens, und obwohl da dieses Poster beim Zahnarzt hing, brauchte man doch Weihnachten, um sich zu strecken und es sich gutgehen zu lassen. – Zweitausendfünfhundert von uns Nordmenschen lebten in Fort Simmer, und es hatte das ganze Jahr Entlassungen und Kürzungen gehagelt!

»… eine Krone ist abgefallen, und wir werden sie wieder draufsetzen.« Eichmann stand über mir, Cember daneben. Sie quasselten auf mich ein.

Ich glaube, ich war so ins Grübeln vertieft, daß ich kaum merkte, wie Eichmann mit einem Wattestäbchen und irgendwelcher Schmiere auf mich losging. Er quetschte mir die Wangen so zusammen, daß ich den Mund aufreißen mußte.

»Außerdem haben wir ein Loch in deinem …«

Was solls, dachte ich. Mach deinen Job. Foltern wirst du mich sowieso …

Und so kam es auch. Immer wenn ich zu ihm kam, hatte ich zu leiden. Eichmann unterließ es nie, mein gesamtes zentrales Nervensystem in Brand zu setzen, mit einer Nadel oder einem Skalpell. Jetzt betupfte er mein Zahnfleisch unten an den Backenzähnen.

Ich sah mich nach Cember um. Wenn etwas passiert, Baby, wollte ich sie bitten, sag allen, daß ich es gelassen ertragen habe. Laß sie wissen, daß ich ein großer Schein in dieser Zwei-Dollar-Stadt gewesen bin …

Und so zeichnete ich sorgfältig auf, was in meinem Kopf vorging, während sie in mir bohrten, an mir saugten und mein Zahnfleisch zerstachen. Hier ist der Bericht darüber, wie Regierung und Zahnärzte ihren Frust an den *soldiers of passion* auslassen. Ich habe nicht ein Wort geändert. Ihr habt es verdient, die reine, unverfälschte Wahrheit zu lesen, und das in einwandfreier Mittwochskalligraphie:

FASCHISTISCHE WURZELZIEHER! SIE HABEN DIE GROSSEN WEISSEN AUGEN VON BISONS KURZ BEVOR DAS GESCHOSS IHNEN DEN SCHÄDEL ZERTRÜMMERT EBENSO KÖNNEN SIE MIR EIN KANONENROHR INS MAUL STOSSEN ICH KANN ES NICHT MEHR AUSHALTEN ICH BIN NICHT BETÄUBT SCHMERZEN BLUT VERZWEIFLUNG ICH BIN EINE KLAPPERSCHLANGE ER VERSUCHT IN MEINEN BLUTKREISLAUF EINZUDRINGEN JETZT IST ER AM HAUPTSTRANG ER FUMMELT ER TUNNELT SICH BIS ZUM WURZELSYSTEM IN MEINEM GESICHT JESUS JESUS

PFLÜCK MIR DEINE SCHÖNSTE BLUME IN DIESEM GARTEN DER SCHMERZEN MEINE ZUNGE DIE NADEL KÖNNTE ALLES SO EINFACH MACHEN STINKENDE HANDSCHUHE JETZT BIN ICH IM DELIRIUM ICH BRAUCHE ZEHN JAHRE THERAPIE ICH SPUCKE BLUT AUFHÖREN BITTE DER WEISSE SCHMERZ EXPLODIERT IN MEINEM MUND UND WEISSER SCHMETTERLINGSSCHNEE QUILLT DARAUS HERVOR ICH BIN ...

»Möchtest du noch was Süßes, Schatz?«

Fertig! Sie wischten sich ihre kalten Schlachterhände ab. Ich brauchte jede Menge Wasser, um all die Spucke und das Blut auszugurgeln. Wer, dachte ich, wer hat mir bloß diesen glühenden Rharbarberstrunk in den Hals gesteckt?

Eichmann strahlte. »Du warst ja direkt ein wenig abgetreten!«

Cember befreite mich von meinem Lätzchen. Ihre Augen tränten.

»Ich verdiene es, von einer schönen und intelligenten Frau geliebt zu werden«, versuchte ich zu sagen. Heraus kam: »Alsha alsha uka aka.« Das war alles.

»Eeeeeezzzzzzyyy!« Cember half mir auf. Ich wankte aus dem Raum. Draußen wartete schon das nächste Opfer.

Schlotternd griff ich nach meiner Jacke. Schlotternd sah ich mich nach Cember um und blies ihr einen kleinen Kuß zu, mit der ganzen Kraft meiner augetrockneten Gurgel, durch meine Zähne und meine elchmäßig geschwollenen Lippen. Aber sie sah nicht hin. Sie war mit anderen Dingen beschäftigt.

»Zu schade, Baby«, dachte ich. »Wir könnten es so gut zusammen haben.«

Die Treppen fiel ich praktisch runter. Erst draußen zog ich mir meine Handschuhe und meine Weste an. Der Winter empfing mich mit dunkel aufgerissenem Rachen. Da war kein Entkommen von meiner Klapperschlangenliebe.

Ich dachte: Wart 'ne Minute. Wart 'ne gottverdammte Klapperschlangenminute. Ich sah mich um. Eichmann starrte mir grinsend durch sein Fenster nach, und ich verzog mich, so schnell ich konnte.

Während ich und meine Rentierlippen nach Hause rannten und während in meinen Ohren Tausende von Schneebienen dröhnten, bereitete ich mich innerlich darauf vor, den ersten Punkt von meiner Erledigungsliste anzugehen.

Unserer Sexualität gegenüber waren wir, www.clarence-und-ich.can, von Jahr zu Jahr immer rücksichtsloser geworden und bereit, es jeden Tag der Woche zu machen. Das lag natürlich nur daran, daß wir Kinder dieses von aller Welt verlassenen Kaffs waren. Damit meine ich, diese Stadt war voller Flachzangen. Alle sieben Sekunden wurde hier eine Seele zugrunde gerichtet. Abgesehen davon, daß Kälte anmacht, wie jeder weiß. Vierzig Grad Kälte machen jeden heiß. Wieder fiel mir auf, wie einsam ich war, und das nervte mich. Sehr. Ich entfernte die paar Kondome aus meinem Bett und brachte meine restlichen Pornohefte zu Clarence. Manche Leute laufen sich ihren Katzenjammer oder ihre Wutanfälle weg. Ich mußte mir die Gier weglaufen. Ich rannte mit meinen guten Lederschuhen durch den kniehohen Schnee, ehrlich, geleitet von Liebeshunger. Verdammte Sexlast. In die Hölle damit!

Diese Stadt. Das Zuhause der Riesendiesel, der Riesenraupen und der Säuferriesen! Ich kenne jeden Zentimeter dieses Käfigs, mit den Jahren wurde er immer kleiner und kleiner vor lauten Spielautomaten. Laßt mich nicht erst anfangen, darüber zu reden. Am liebsten hätte ich diese Automaten verboten.

Ich fing an, darüber nachzudenken, wann mich zum letztenmal eine Frau verführt hatte. Wann hatte mich zum letzten Mal eine in ihre Falle gezerrt? Wann war eine gekommen und hatte zu mir gesagt: Larry, du bist ja besser als der beste Franzose. Du bist der erste seit drei Jahren, der mir keine leeren Versprechungen gemacht hat! Ich meine, so was muß einem Menschen doch ab und zu gesagt werden!

Und ich bin ein guter Hahn, das ist ganz offiziell. Jedenfalls mein Blut ist mit Testosteron geladen, und meine Eier sind scharf wie ein 340-PS-Motor mit zwei obenliegenden Nockenwellen. Doch diese Stadt hilft keinem. Sie zeigt dir nur die Zähne. An der Zufahrt zum Flugplatz sollte ein Plakat stehen: »Willkommen in Fort Simmer. Blühende Metropole der Northwest Territories. Hier werdet ihr gefickt oder in den Arsch gekickt.« Und wenn du diese kleine Hölle verläßt, dann sollte es heißen: »Danke für euren Besuch. Und schaut bald wieder mal vorbei. Falls wir euch nicht rumgekriegt haben, dann haben wir euch wohl drangekriegt!«

Ja, ja. Ihr mögt mich für krank halten und schnell zu Hause anrufen, weil ich vier Stunden zu spät bin. Aber keiner sieht, daß ich ein wahrer Ausbund an Geist und Inspiration bin.

Ich ging nach Hause. Ich war sowieso dran mit Kochen, und bis zum *drum dance* konnte ich keinesfalls mehr warten. Ich schrieb schnell noch dieses hervorragende Poem über the Old Folks Home. Es ging so:

Der Atem der Alten

Der Atem der Alten ist wie der Atem der Elefanten
die die Mäuse fürchten
und
ihr Traum ist ein Flug über den Schnee
und
der Alptraum der Mäuse ist Traum von Käse
und von Stahl
der Stahl ist ein Hundezwinger
und
die Hunde hassen Raben, weil sie fliegen
aber die Hunde liegen an Ketten
die Hunde verlangt nach Katzen
Katzen fressen ihren kahlen Wurf
und
der Wurf träumt von Zitzen
und
die Zitzen hassen das Gefühl von Zähnen
und
Zähne sind das Entzücken der Kannibalen
und
Kannibalen müssen ihre Freunde fressen
und
ihre Freunde reden nie von Liebe

und
Liebe ist ein Porno ohne Ton
und
bitter ist der Sturzflug des Falken auf die Maus
und
die Erde erhebt sich, um die Haut des Regens
zu schmecken
und
seine Haut ist ein Feld toter Blumen
und
die Blumen fühlen sich an wie Gottes zarte Hände
wenn er den Atem der Alten nimmt und anhält

Ola.

Nach der Beendigung dieses Werkes saß ich in der Diele. Meine Ohren tauten gerade auf, wurden knallrot und erholten sich von den unsichtbaren, brennenden Stichen der Schneebienen. Da flogen die Fenster auf, und ich roch Karibuhamburger, die in ihrer Sauce brutzelten, und in zehn Minuten würden die Spaghetti weich sein.

So lange dachte ich über unsere Leidenschaft nach. War sie nicht die letzte reine Sache, die uns noch geblieben war? Ich dachte auch wieder darüber nach, wie grauenhaft und wie erbärmlich dieses Jahr zu Ende gehen würde, wenn Sal Bright nicht den Weihnachtsmann machte. Was sollten die Kinder machen? Und die Eltern? Und Clarence und Onkel Frank? Und was sollte die Gemeinde machen? Und die Verwaltung? Jede Minute konnte etwas hinter ihrem Rücken passieren. Und selbst Eichmann? Was sollte er machen? Was würde mit all den festgefrorenen Maschinen unter freiem Himmel und was mit all den festgefrorenen Seelen passieren? Und was sollte mit mir werden? Ich brauchte Sal Bright wie nur was. Ich war kurz vorm Absturz, wenn ich an all das dachte, und ich sagte mir, daß wir etwas unternehmen mußten, www.clarence-und-ich.can. Ich meine, kommt es nicht hin und wieder vor, daß man schon tot und begraben ist und doch der Tag anbricht, an dem man wiederaufersteht, um die Dinge in Ordnung zu bringen? Daß man eines Tages trotz Politik, Lügen und dem ganzen Gemetzel von Gott die Erlaubnis hat, auf die Erde zurückzukommen, um ihr endlich die Erleuchtung zu bringen und den Farben des Regenbogens eine neue hinzuzufügen?

Und so retteten wir Weihnachten am kältesten Tag des Jahres. Keine Scheiße. Wir riefen Sal Bright an, Clarence und ich.

»Lo!« sprach er in den Hörer.

Ich: »Hallo, ist da Sal Bright aus Fort Simmer, Northwest Territories?«

Sal: »So isses.«

Clarence: »Sal, hier sind Tarvis und Marvis Barvin aus Edmonton, Alberta.«

Sal: »Stimmt das, eh?«

Clarence: »Aber ja, Sir. Wir vertreten den Kanadischen Rat für Soforthilfe.«

Sal: »Den was?«

Ich: »Den Kanadischen Rat für Soforthilfe, eine internationale Organisation, die sich die Auszeichnung von Menschen wahrhafter Selbstlosigkeit zur Aufgabe gemacht hat.«

Sal: »Is das wirklich wahr?«

Clarence: »Yessir, und Sir, es ist uns ein großes Vergnügen, Sie mit einem Preis unserer Organisation auszuzeichnen.«

Sal: »Nein!«

Ich: »Doch, Sir. Ihr Name steht auf unserer Liste der Preisträger speziell für Ihr selbstloses Engagement als Weihnachtsmann.«

Sal stöhnte: »Ja, aber wir könnten dies Jahr ein Problem ...«

Clarence unterbrach ihn: »Sir, verstehen wir Sie richtig, daß Sie dieses Jahr nicht der Weihnachtsmann sein wollen?«

Sal: »Ja, na ja, hier sind zu viele politische Interessen im Spiel.«

Wir: »Wir lasen davon.«

Sal: »Ehrlich?«

Ich: »Yessir. Wir haben Beobachter an den meisten herausragenden Orten, und wir haben volles Verständnis für Ihre Vorbehalte. Ich ganz persönlich habe mich dafür stark gemacht, daß wir Sie anrufen und Sie fragen, nein, bitten, auch dieses Jahr mit Ihrem guten Werk fortzufahren.«

Sal: »Wow ...!«

Clarence: »Yessir, wir hier beim KRfS begrüßen Ihre Anstrengungen, und uns stockt der Atem bei dem Gedanken, daß Sie sie nicht fortsetzen würden.«

Sal: »Wirklich?«

Ich: »Absolut, Sir. Und ich kann Ihnen nur soviel sagen, daß Sie in Ihrer Post demnächst eine große Überraschung finden werden ...«

Sal: »Nein!«

Clarence: »Doch. Einen handgefertigten Ring mit Gravur. Das Kürzel steht für *soldier of passion* und bezieht sich auf Ihre Selbstlosigkeit und Leidenschaft. Anbei finden Sie eine schriftliche Urkunde, von mir im Namen des gesamten Rates unterzeichnet.«

Sal: »He, das ist großartig.«

Ich: »Sie haben es verdient, Sir!«

Sal: »Ja, gut, und ich schätze, ich sollte Ihnen sagen, es ist große Klasse, der Weihnachtsmann zu sein.«

Clarence: »Das kann man wohl sagen.«

Sal: »Ja, man sieht die Kinder, wie se winken, und man winkt zurück, und man weiß, manche kriegen keine Geschenke, aber sie haben den Weihnachtsmann gesehn, und der hat se nich vergessn, und sie haben ein Grund, bis nächstes Weihnachten durchzuhalten. Und man möchte vom Schlitten springen und die Kinder in die Arme nehm und ihnen sagen: Bleibt Kinder, solange ihr könnt! Bleibt glücklich. Ich finds klasse, daß Sie mich angerufn ham. Ich hatte nämlich schon vor, Weihnachten mit meiner Frau und mein Kindern nach Yellowknife zu fahren und Urlaub zu nehm. Aber ich glaub, ich werd wohl bleiben. Wenn bloß diese Politik nicht wär ...«

Ich: »Wir wissen nur zu gut, was Sie meinen, und unsere ganze Sympathie gehört Ihnen.«

Sal: »Mashi cho. Vielen Dank.«

Clarence: »Sie werden es also machen, Sie werden der Weihnachtsmann sein?«

Sal: »Ja, ja, das werd ich.«

Clarence und ich: »Mashi cho! Sie kriegen den Ring

mit der Post. Postlagernd, nehmen wir an. Und Weihnachten werden wir Ihnen zuschauen.«

Er: »Verlassen Sie sich drauf! *Hey, Honey! Hey, Kids. Ich mach wieder den Weihnachtsmann!*«

Und wir hörten den Jubelschrei der Familie. Dann unseren eigenen. So haben wir, Brüder und Schwestern, Weihnachten gerettet. Ola!

In einer knappen Stunde hatten wir einen weiteren *soldier of passion* gefunden.

Eine knappe Stunde kann in Simmer aber auch ausreichen, um ein ganzes Leben zu ruinieren. Das von Luke zum Beispiel.

Zum ersten Mal trafen wir Luke in der Schule, beim Sport. Wir waren achtzehn und büffelten für das Frühjahrssemester, um weg aus Simmer und aufs College nach YK, Yellowknife, zu kommen, Clarence und ich. Wir hatten beide das gleiche Handicap. Wir konnten auf eine ganze Bibliothek voller Bücher starren oder auf eine Mauer von Kassetten, ohne auch nur ein einziges Teil zu erkennen. Genauso mit Zahlen.

Mrs. Ward, unsere Mathelehrerin, verlangte natürlich immer wieder, daß wir die kompliziertesten trigonometrischen Probleme lösten, und zwar mündlich. Dabei wußte sie genau, daß wir dazu nicht in der Lage waren. Wie angestrengt wir auch auf die Seiten starrten, alles verschwamm uns vor den Augen. Immer.

Es war am ersten Tag des Frühjahrssemesters, in der Turnhalle. Wir, speziell ich, machten uns schwerste Sorgen wegen dem Volleyballmatch, das bevorstand. Eine Mannschaft ohne Shirts, die andere mit. Sheila, mein

Schatz damals, war spezialisiert auf Knutschflecke, und meine Brust und mein Hals waren voll davon. So versuchten wir, Clarence und ich, Mr. Lentz, unseren Klassenlehrer, davon zu überzeugen, daß wir zur Mannschaft mit Shirts kamen. Wir hatten gehört, daß er selbst ein Swinger war. Und tatsächlich, er kapierte.

Die meisten aus der Klasse standen an der Tribüne herum oder wärmten sich auf. Mister Lentz war noch in seinem Büro, da hörten wir unsere Mitschüler rufen: »Ein Neuer! Hey, wir haben einen Neuen!«

Wir sahen auf und erblickten Luke.

Schon auf den zweiten Blick bemerkten wir, daß er ein Mondkalb war. Die Crees in der Schule nannten jeden Weißen »Mondkalb«, nicht nur wegen der Hautfarbe, sondern auch wegen des Auftretens. Luke bekam den Titel angehängt, weil er angezogen war wie ein Mondkalb. Er steckte in einem schwarzen Public-Enemy-T-Shirt, unter dem er seinen dürren Körper zu verstecken suchte. Seine weißen Trainingshosen saßen zu eng an seinen staksigen Beinen, die auch noch zu kurz waren. Und er trug blaue Socken. Die meisten an der Schule waren Indianer, ob nun Chipeways, Crees, Dogribs oder Slaveys. Entsprechend waren wir alle dürr und trugen durch die Bank blaue Socken. Doch nun kam dieser Neue, ein Weißer, und trug auch noch blaue Socken? Unerhört! Ganz undenkbar!

Ein anderer Grund, warum der Neue bei uns so schlecht ankam, war Mr. Lentz. Er hatte eine von diesen berühmten Universitäten im Süden absolviert, die auf Volleyball und Strafübungen spezialisiert sind. Immer wenn einer von uns auffiel, durch Rumprügeln oder Qualmen in der Schule, verordnete er Strafübungen! Zum Beispiel kopfunter am Basketballkorb hängen und dabei »Klappmesser« machen.

Clarence und mich verschonte Mr. Lentz mit seinen Strafübungen. Wir galten nicht nur als unheilbar schwer von Begriff – alle wußten auch: Wir waren Ninjas! Auch Mr. Lentz! (Aber dazu später.)

Konnte man den Neuen in der Mannschaft vielleicht irgendwie gebrauchen? Konnte er vielleicht sogar helfen, das eine oder andere Spiel zu gewinnen? Mag durchaus sein, daß Mr. Lentz hinter unserem Rücken so dachte. Er hatte tatsächlich vor, uns ein ganzes Jahr lang mit Volleyball zu beschäftigen. Wir machten praktisch nichts, außer Volleyball zu spielen, was uns völlig kalt ließ. Ich für meinen Teil mochte Volleyball. Ich bin sechs Fuß und einen Zoll groß und dürr wie nur was, aber dafür schnell.

Wie Gott so ist, hatte er einen fiesen Plan für Lukes ersten Tag an der Schule. Jason Hartop aus dem gegnerischen Team hatte Aufschlag. Jason war der geborene Athlet. Er hatte einen Körperbau, mit dem Schwarzenegger einverstanden gewesen wäre. Die Sache mit Jasons Aufgaben war die: Er schmetterte den Ball auf den Boden, so daß er hochsprang. Dann spurtete Jason los, so schnell er konnte, und wenn der Ball am Höhepunkt war, sprang Jason hoch und drosch ihn mit seiner Faust dahin, wohin er ihn haben wollte, und zwar genau dahin. Er hatte schon mehrere Nasen auf diese Art gebrochen, und Mr. Lentz liebte ihn dafür. Uns gings diesmal gut. Wir waren in Jasons Team und hatten keine Sorgen.

Ausgerechnet an Lukes erstem Tag war Jason gleich

auf ihn fixiert. Und wir auch. Auch wir waren immer auf die Außenseiter fixiert. In Fort Simmer herrschte Inzucht, und Luke war frisches Blut.

BAM! Jasons Aufgabe schnitt durch die Luft. Du konntest nur schnell deine Birne wegziehen, und wenn du Glück hattest, gerade noch das Geschoß an dir vorbeischießen sehen ... BOOM! Das Geschoß schlug direkt in Lukes Eier ein. Er knickte zusammen und sackte auf das Parkett.

Die Halle machte: »Ohh!«

Mr. Lentz machte: »Aah!«

Ein paar von uns liefen unter dem Netz durch. Clarence und ich waren die ersten bei Luke. Die übrigen hoben die Schultern und drängten durch die Seitentür nach draußen. Rauchpause.

»Hey«, redete ich Luke zu, »besser ist, du stehst auf. Es ist dein erster Tag bei uns. Würde nicht gut aussehen, wenn du aufgibst.«

Luke atmete flacher und flacher und flacher. Er kämpfte darum, sich nicht selbst an die Eier zu greifen. Mir fiel ein, was ich mal von meinem Kumpel Trevor gehört hatte: Frauen, die behaupten, Männer könnten nie im Leben Geburtsschmerzen empfinden, hat bloß nie jemand in die Eier getreten.

»Hey«, sagte ich laut, »steh auf, Mann! Bist du ein Mann oder ein Eunuch?«

Luke rollte seine Augen zu uns hoch. Er hatte schwarze Haare, seine Brauen waren zusammengewachsen, und er hatte einen Crew-cut. Er war sehr weiß, und ich ahnte, daß er an seinen Beinen diese kleinen roten Venen hatte, wie eine Landkarte von Ontario oder von sonst einem Ort, an dem ich gern gewesen wäre.

»Steh auf! Los! Komm schon!«

Luke schluckte, stemmte sich hoch und rollte wieder mit den Augen.

Wir stellten ihn auf die Beine, und er beruhigte sich. Dann wankte er zurück auf seine Position. Hinter uns kam Mr. Lentz angeschlendert, wobei er seinen bionischen Hintern produzierte, damit ihn alle unsere Girls bewundern konnten. Auch wir gingen zurück auf unsere Position. Jason war umringt von den Girls der Klasse, die ihn anhimmelten. Ich drehte mich um und faßte Luke ins Auge. Aber Luke wich meinem Blick aus. Er hatte seine stockdünnen Ärmchen wieder oben, bereit, zu kämpfen oder zu unterliegen. In dem Moment wußte ich, daß er unser Freund werden würde.

Später in der Woche machten wir uns im Schulfoyer an Luke heran. Für mich eine Frage der Ehre, denn er glotzte meinen Schatz an. Sheila. Sie war Eisläuferin und hatte lange braune Haare. Sie roch dermaßen gut, daß ich von ihrem Duft nie genug kriegen konnte. Bis mir die Nase blutete. Sie war hochgewachsen, rein und weiß, aber sie war kein Mondkalb. Sie war bei uns im Norden groß geworden, und die meisten ihrer Freunde waren Eingeborene. Sie gehörte zu uns Nordmenschen.

»Hey, siehst du die Große da, mit den langen Haaren?«

Luke nickte und wurde rot.

»Sie gehört mir, und wenn ich sage mir, dann meine ich es auch.«

Luke schlug die Augen nieder. Ich würde sagen, er versuchte cool zu bleiben. Also zog ich meinen Kragen runter.

»Diese Frau – *meine* Frau! – ist eine Spezialistin für Knutschflecke, und du solltest jede Art von Streß mit mir in deinem Leben vermeiden, okay?«

Er grinste, als er meine Knutschflecke sah, und hatte kapiert.

Ich sagte: »Sieh dir doch mal die Rote an.«

Die Rote hieß eigentlich Nicole. Wir nannten sie die Rote wegen ihrer Haare. Sie und ihre Mutter waren die einzigen zwei Frauen mit roten Haaren in der Stadt. Luke sah sie an. Ich schätzte, er dachte scharf nach.

Jed, der praktisch mein Vater war, gab einen Kurs am Arctic College: erneuerbare Ressourcen. Er ist ein Experte für Wölfe und Bisons. Luke war nach Fort Simmer geraten, weil sein Vater an diesem Kurs teilnehmen sollte, und seine Mutter war als Pflegerin im Altenheim untergekommen. Jed ist ein wirkliches Schlitzohr. Er spielte Lukes Vater einen Streich, den der nicht vergessen sollte.

Ich denke, mein Alter sah genau, was für ein blutiger Laie Lukes Vater war. Jeden März zogen Jed und seine Kollegen mit den Erstsemestern in die Tundra, um ihnen zu zeigen, wie man Karibus und auch Ewoks jagte und zerlegte und ihr Geweih eroberte. Tausende von ihnen rannten durch die Tundra.

Teil der Einführung von Mister Oskirko sollte sein, daß er mit einer 207er Rifle ein Karibu schoß. Ich selber habe nie mit einer 207er geschossen. Ich wußte nur soviel – sie hatte einen legendären Rückschlag. Der

Sinn der Übung war herauszufinden, wer ein Mondkalb war und wer nicht. Lukes Vater zielte sorgfältig durch das Zielfernrohr, aber sein Stand war viel zu lässig und locker. Er zog ab, und als der Rückschlag kam, schlug ihm das Zielfernrohr an seine Birne und riß ihm die Haut ein paar Zoll auf. Er hatte sein Karibu getroffen, aber er selbst blutete fröhlich in den Schnee, bis sich die Wunde schloß. Im Frost.

Noch in der Nacht, als unsere Väter aus dem Lager zurückkamen, gab es gewaltige Feten in den jeweiligen Familien. Jed kicherte vor sich hin, als er uns erzählte, wie Mister Oskirko nun ein blaues Auge und zwei wunderschön schillernde Schmetterlingsflügel auf seiner Stirn hatte. Mein Bruder Roge und ich sahen uns schräg über den Tisch an und murmelten lautlos: »Mondkalb.« Den ganzen nächsten Tag hänselten wir Luke. Und Luke? Luke war ehrlich begeistert über soviel Zuwendung.

Unsere Schule nahm sich seiner voll an. Noch bevor das Frühlingssemester gegessen war, hatte das Schulvolk ihn adoptiert. Er hatte Dogribs, Inuits, Slaveys, Chipeways und Crees zu Freunden. Und auch Weiße. Wir machten es uns zur Aufgabe, ihn auf Hasch und Alkohol zu trimmen. Und wir redeten sogar mit Nicole, der Roten, um sie mit ihm zu verkuppeln. Aber Nicole zickte. Sie sei zu schüchtern.

Wir schleppten ihn von einer Tanzparty zur anderen. Er war ein fixer kleiner Tänzer, wenn er ein paar Schluck intus hatte, aber nur ein Gramm Schwarzer Türke in seiner Lunge, und er tanzte mit einem Steifen, anders als bei jenem Volleyballspiel. Es dauerte nicht lange, und die

Girls nannten ihn nur noch »Woody«, und das war eine Auszeichnung. Fort Simmer ist Weltmeister bei der Vergabe von Spitznamen. Ich wurde groß mit Typen namens Garbage, Fuzzy, Buffalo, Smoky, Blinky, Winky, Ice, Puff, Mav, Goose und Chicklets. Ich war hier groß geworden, doch daß Luke schon nach wenigen Monaten einen Spitznamen hatte, sagte alles über sein Prestige. Ich selber war weit davon entfernt.

Ich denke, ich sollte jetzt erklären, warum wir Ninjas waren, Clarence und ich, denn was man uns nachsagte, war Fakt. Wir waren Hockeyschläger-Ninjas, genau gesagt: Meister im Fechten mit dem Hockeystock. Wenn einer nachts an meinem Zimmer vorbeigekommen wäre, hätte er etwas wie eine Dreschmaschine gehört. Das war Roges Fahrradkette. Sie war das Opfer zweier Hockeystöcke, die nur so durch die Luft pfiffen und schwirrten. Denn nachts waren wir, Clarence und ich, Bruce Lee und gaben eine tolle Figur ab, wenn es hieß, ganze Drachenschwänze zu achteln. Ebenso hatten wir vier originale Wurfsterne, aus Tijuana eingeschmuggelt von Brendan Willy. Der wollte dafür meine halbe Comicsammlung. Wir hatten jeder drei Wurfmesser, und in der Stadt hatten wir an allen möglichen Stellen abgebrochene Hockeystöcke versteckt, so daß wir es nie weit bis zu einer Waffe hatten. Nicht, daß wir uns nicht auch ohne Waffe verteidigen konnten. Wir hatten Selbstverteidigungskurse belegt, und im Sommer, als ich für eine Zeit nach Indianapolis ging, um unsere amerikanischen Großeltern väterlicherseits zu besuchen, hatte ich mir den gelben Gürtel beim Taekwondo geholt. Ganz zu schweigen von

Karate. Karate hatten wir in Saskatoon gelernt, als unsre Mütter da zum Sommerlehrgang waren, um sich weiterzubilden. Im Norden groß werden heißt kämpfend groß werden. Du mußt stark sein. Überall gibt es menschliche Wölfe, die sich die Schwachen aussuchen. Vielleicht war das der eigentliche Grund, daß Luke sich mit uns zusammentat: Er wollte den gleichen Kampfgeist erwerben, den wir besaßen, und wie wir hatte auch er genug davon, immer nur als Volltrottel rumzulaufen.

Laßt mich ein Wort über mein Auto verlieren. Es war ein gutes kleines, kräftiges Kriegspony, ganz auf mich zugeschnitten, ein 79er Grand Le Mans, schön groß und blau. Es war das schickste Gefährt in der Stadt. Wir, mein Schatz und ich, hatten es drauf, damit durch die Stadt zu gondeln, immer schön Hand in Hand, bis sie um zehn zu Hause sein mußte. Sheila war vierzehn, als sie mich angemacht hatte, ich achtzehn, aber glaubt bloß nicht, daß ich deswegen schlaflose Nächte hatte. Das war ausgesprochen üblich, auch ihre Leute regten sich darüber nicht weiter auf. Am 14. März wurde sie fünfzehn. Auch kein Grund zur Aufregung. Eine extra Party zogen wir deswegen noch lange nicht ab.

In Fort Simmer amüsierten wir uns in den kalten Winternächten damit, Skidoos und Autos zu torpedieren. Mit Eisbomben. Wir trafen uns hinter unserem Haus, wo die einzige gepflasterte Straße in die Stadt entlangführt, und gruben schmale Gänge in den Schnee, den die Schneepflüge in die Straßengräben geschoben hatten, und legten uns auf die Lauer. Wir hatten einen Vorrat an Eisbrocken, die wir auf vorbeifahrende Autos werfen wollten. Außerdem hatten wir Iglublöcke organisiert, mit denen wir die Gräben, in denen wir saßen, tarnten, falls es zu Verfolgungsszenen kam. Luke und wir beide hatten unsere Löcher immer dicht nebeneinander. Er konnte an die Zwischenwand klopfen, und wir konnten zurückklopfen. Es war warm in diesen Löchern, und wir konnten die Sterne über uns glitzern sehen.

»Luke«, bekannten wir eines Nachts, »im Herbst gehen wir aufs Arctic College nach Yellowknife, um Bodenrecht zu studieren.«

»Cool«, sagte er.

»Und du ?«

»Ich geh zur Armee.«

Wir lachten. Guter Witz.

»Nein, ehrlich. Ich geh zur Armee.«

»Auto«, schrie jemand. Und da konnten wir auch schon das Scheinwerferlicht in den zugeschneiten Fichtengipfeln sehen. Wir legten unsere Bomben zurecht.

»Fertig!« schrie Jason, unser Kriegshäuptling.

»Zur Armee? Du spinnst.«

»Zielen!«

»Ich meins völlig ernst«, sagte Luke. »Ich werde Soldat.«

»Fertig!«

Ein Wagen kam mit Speed aus der Kurve.

»Feuer!« befahl Jason, und wir alle schossen unsere Granaten über die Schneewälle.

POW!

»Volltreffer«, schrie Jason.

HOOOONNNNNKKKK!

Hochrufe kamen aus allen Gräben. Jon Live, Squeeky, Jason, wir, Roge und Luke, wir alle bejubelten unsere perfekte mörderische Taktik. Wir warteten und hielten den Atem an. Nichts. Der Fahrer stoppte nicht. Wir bereiteten unseren nächsten Blitzkrieg-Angriff vor. Ich frage mich, wie man so jung schon so bescheuert sein konnte.

Ein paar Tage später hatten wir Kunsterziehung. Wir sollten Glasmalereien anfertigen. Ich malte einen Ninjakämpfer mit einem Kampfstab, Luke eine Kopie des Public-Enemy-Logos: ein schwarzer Soldat im Fadenkreuz. War gut gemacht, besser als mein Werk. Ich schenkte mein Kunststück meinem Schatz, Luke mußte seins in seinem Schließfach verstecken. Er hätte es nie gewagt, dergleichen mit nach Hause zu nehmen. Seine Familie war religiös und absolut gegen seine Musik, seine Bilder, gegen sein ganzes Gehabe.

Seine Musik war Rap. Er stand auf Sir Mix a Lot, Run DMC und Public Enemy. Alles, was schwarz, böse und laut war. Er trug dieses T-Shirt die ganze Woche über. Selbst wenn er nur zu seinem Schließfach ging, hatte er Kopfhörer auf, aus denen ein verrückter, krampfiger Brei aus Worten drang, von denen ich nie eins verstand.

Etwa einen Monat später war ich mit ihm verabredet, Schnee vom Dach seines Trailers zu schippen. Ich wollte mich vor seinen Leuten hervortun. Aber kaum daß wir fertig waren, kam schon sein Vater aus dem Wagen und rief Luke zum Essen. Ich solle abziehen, meinte er. Hatte schon kapiert. Ich verdrückte mich mit einem kurzen »Bye«.

Es kann auch sein, daß alles damit zusammenhing, daß meine Augen nicht mehr so gut waren. Ich litt unter Myopie, Kurzsichtigkeit. Ich denke, das hatte damit zu tun, daß ich mir alles aus nächster Nähe einzuprägen suchte, bis mir der Schädel brummte. Ninjas müssen das tun. Während ich beobachtete, wohin Junior Mercredi starrte, wenn er sich einen Kaffee holte, konnte ich gleichzeitig sehen, ob Lucien, der einzige männliche Friseur am Ort, mir die Koteletten krumm schnitt. Manche Dinge merkte ich mir nur, um sie mir zu merken.

Wie dieses eine Bild von Missis Oskirko. Eines Tages hingen wir bei Luke in seinem Trailer. Luke suchte nach einem Bild von sich, das er der Rekrutierungsbehörde in Yellowknife schicken konnte, und wir, Clarence und ich, waren wie immer scharf auf Photoalben wegen der Frauenbilder. Wir hatten die fixe Idee, daß wir unsere späteren Frauen einmal auf einem Photo entdecken würden, egal, wie alt das Photo war. Einmal, dachten wir, würden wir auf einem Familienbild eine schöne Frau sehen, die lachte oder lächelte, und die wäre es dann. Wir mußten bloß noch den Besitzer des Bildes fragen, wo sie sich aufhielt, und er würde es uns sagen, und wir würden unsere Frau fürs Leben gefunden haben.

Mein Onkel Isadore träumte von seiner Frau, lange bevor er sie jemals gesehen hatte. Und so kam es, daß sie einfach aufstand, als sie sich auf einer Party trafen, direkt auf ihn zuging und ihn fragte, ob er sie heiraten würde. Und er brauchte bloß noch ja sagen. Sie sind bis zu diesem Tag immer noch ein Paar.

Wir blätterten durch den Stapel von Lukes Alben und fanden ein Polaroid von seiner Mutter. Es war nur ein Halbporträt, aber wir waren sicher, sie war nackt. Sie saß auf einem Bett, jünger und noch nicht so abgeschlafft wie jetzt. Ihre Schultern waren nackt, ihr Haar hing herunter. Sie hatte die Augen einer Katze und ein Lächeln auf den Lippen, das wir noch in keinem Frauengesicht gesehen hatten. Es war lauernd und so verführerisch wie nur was. Am nächsten Tag versuchte ich an Sheila dieses Lächeln zu entdecken, aber keine Chance.

Heute, Jahre später, begreife ich, warum Soundgarden den Song »Full on Kevin's mom« machte. Wir, speziell ich, starrten vermutlich eine volle halbe Stunde lang auf dieses Photo, während Luke nach seinem Bild kramte. Wir nahmen an, daß Mister und Missis Oskirko entweder gerade Liebe gemacht hatten oder kurz davor waren, es zu tun. Und ich konnte mir jetzt auch vorstellen, wie sie jubelte, wenn Mr. Oskirko in ihr war. Genauso wie bei meinem Lieblingssong, dem »Ave Maria« in der Kirche. Ich machte, wenn Mrs. Oskirko beim hohen C war, jedesmal eine überirdische Erfahrung. Ich war hypnotisiert und begehrte sie förmlich auf dem Altar. Ich wollte sie küssen, keusch und geil zugleich.

Manchmal mußte ich mich vor Scham und Schande hinsetzen bei dem Gedanken daran. Ich starrte auf ihre kleine rosige Zunge, wenn sie beim Abendmahl zum weißen Prediger vorging und das Licht auf sie fiel. Ihre

Augen waren geschlossen, und sie war völlig entblößt und bereit für Gott und seinen Sohn. Der Geist in mir begehrte den Geist in ihr. Mit Gewalt. Auf dem nackten kalten Fußboden. In der Kirche oder sonstwo in der Stadt. An der Bay oder in den Seitenschiffen. Beim Einkaufen oder beim Autofahren.

Dieses Bild von ihr, als sie noch jünger war, freier, war der Himmel für mich. Dieses Bild, das ich in meinem Gedächtnis gespeichert hatte – später entpuppte es sich auch als eine Antwort. Unsere Theorie war, daß sie und ihr Mann die Siebziger voll ausgekostet hatten. Sie hätten in einer Band gewesen sein können. Wahrscheinlich hatten sie auch schwer gekifft und LSD geschluckt. Wir konnten sie uns sehr gut mit eingestickten Blumen auf ihren Jeanshintern vorstellen und mit dicken Absätzen wie die ABBAs. Wahrscheinlich hatten sie sich eines Nachts mit ihrem Bus auf der Autobahn überschlagen, und ein Mitglied ihrer Band krepierte an einer Überdosis H. Irgendwas mußte jedenfalls passiert sein. Irgendwas, das ihnen schwere Verletzungen zugefügt hatte, sonst hätten sie nicht Lukes Herz in einer einzigen knappen Stunde brechen können, an einem Tag, an den ich mich noch gut erinnere.

Wir waren im Matheraum. Wir sollten mal wieder eine Aufgabe mündlich lösen. Die Klasse stöhnte vor Langeweile. Jeder wußte, daß wir dazu nicht in der Lage waren. Mrs. Ward wußte es. Wir wußen es. Aber wir zogen das durch wie immer. Es hatte Tradition. Luke kam an dem Tag zu spät und ploppte neben mir auf die Bank.

Ich war gerade an der Reihe und stotterte vor mich

hin; dabei stieß ich Luke mit dem Knie an, doch er stieß nicht zurück. Schlechtes Zeichen. Ich sah ihn aus den Augenwinkeln an – er heulte und sah nicht auf.

Nach der Stunde folgten Clarence und ich ihm die Treppen runter zu seinem Schließfach. In den Pausen war die Schule schlimmer als ein Zoo. Wir mußen mit Gewalt durch die Massen preschen. Luke saß vor seinem Schließfach, den Kopf unten, die Augen auf dem Boden. Wir fragten ihn, was passiert war.

Er erzählte es uns: Als er diesen Morgen aufgewacht war, hatte sein Vater im Raum gestanden. Er befahl ihn in die Kammer der Eltern. Da wartete seine Mutter auf ihn.

»Luke«, sagte sein Vater, »du hast uns das Herz gebrochen. Wir glauben, daß du ein Versager bist.« Luke sah seine Mutter an. Sie weinte. »Luke, wir haben alles versucht ...« Und sein Vater fuhr fort und sagte, Luke habe sein Ausgehverbot nicht eingehalten und seine Zensuren könnten schlechter nicht sein und sie wären zu dem Schluß gekommen, daß Luke wirklich ein absoluter Versager sei und es im Leben zu nichts bringen würde und so weiter und so weiter und so weiter.

»Was? Das kann doch nicht sein«, schrie ich durch die Halle.

Luke nickte nur. Gleich würde er wieder nasse Augen haben. Wir wußten, daß Luke miese Zensuren hatte. Wir alle hatten miese Zensuren. Na und? Was war schon dabei?

Seine Eltern hatten eine geschlagene Stunde lang auf ihn eingetextet. Er hatte auf die Uhr geschielt, während sie mit Worten auf ihn einschlugen. War der eine fertig, fing der andere an. Der einzige Grund, warum sie schließlich Schluß machten, war, daß sein Vater zu seinem Kurs mußte. Außerdem hatten sie ihm verboten, weiterhin mit uns zu verkehren. Mit uns! Schön, es war nicht das erste Mal, daß so was passierte. Mein ganzes Leben lang hatten Eltern das UN-Handelsembargo zwischen mir und ihren Söhnen verhängt. Ihre blaubehelmten Regeln hatten die Beziehungen zwischen mir und meinen besten Freunden gekappt, doch manchmal war unsere Freundschaft nur noch fester geworden. So kam es auch mit Luke.

Trotzdem, nach diesem Tag war Luke nicht mehr der alte. Er redete immer entschiedener davon, daß er zur Armee wollte. Er fing an, zu saufen und zu qualmen. Ich hingegen hatte nur selten eine gepafft. Auch war ich nur ein einziges Mal im Leben betrunken gewesen – an meinem vierten Geburtstag. Meine Mutter schmiß eine *garden party*, und ich trank die Reste aus den abgestellten Coladosen. Irgend jemand mußte sich einen teuflischen Drogencocktail in einer solchen Büchse gemixt haben. Ich endete bewußtlos auf dem Rasen mit einer Mohrrübe in der Kehle. Und von wegen Qualmen – vergeßt es. Meine Mutter qualmte genug für den ganzen Block.

Anyway, Luke wurde dazu verdonnert, vier Stunden am Tag zu büffeln. Und auch unsere Eltern, Clarences und meine, nervten uns, Nachhilfematerial für Mathematik zu bestellen, dabei waren wir noch nicht mal durchgefallen. Wir zählten eins und eins zusammen und kamen darauf, daß Mrs. Ward zum Telefon gegriffen hatte. Schon klar. Sie hatte nichts Besseres zu tun gehabt, als unsere Alten anzurufen. Wohlweislich, als keiner von uns zu Hause war und sich verteidigen konnte.

Es war zu traurig, was mit Luke vorging. Etwas war ihm an diesem Morgen gestohlen worden. Klar, wir waren nicht gerade Einstein in Mathe oder Physik. Aber wir lasen leidenschaftlich gern, und in Zeichnen waren wir auch nicht schlecht, speziell Clarence, und wir schrieben glänzend, speziell ich. Und bloß weil wir auf einem Gebiet Nullen waren, sollten wir uns das ganze Leben ruinieren lassen? An diesem Morgen, als Lukes Eltern ihn zum Versager erklärten, hatte sich jedenfalls alles für ihn verändert.

Nicht lange danach, an einem Nachmittag, stöberte ich im Raum für Kunsterziehung herum. Ich blätterte in ein paar alten Jahrbüchern, mal wieder auf der Suche nach dem Bild meiner zukünftigen Frau. Doch was ich fand, war ein Bild unseres alten Verbindungslehrers Mister Alan, vor seinem Unfall.

Mister Alan war eines Tages mit ein paar Kollegen in den Wald gefahren, um Holz zu fällen. Mit Kettensägen. Eine Riesenfichte wurde gefällt. Alan war wohl etwas abwesend, und die Schreie und Warnrufe der anderen konnte er wegen seiner lauten Kettensäge nicht hören. Er kam mit einem gebrochenem Kreuz davon und bewegte sich seitdem nur noch in einem Rollstuhl. Und ich hatte lange gedacht, er hätte einen Geburtsfehler.

Aber das Bild, das ich an jenem Tag fand, war vor fünf Jahren gemacht worden. Er spielte Volleyball in genau derselben Halle, die wir benutzten, und zwar im Dreß unserer Schule. So was konnten sie sich damals noch leisten. Er hatte volle Haare und Koteletten wie ein wilder Eber. Und wenn ich sage wild, dann meine ich wild. Aber das Beste waren seine Beine. Es waren die schönsten Beine, die ich je bei einem Mann gesehen hatte.

»Luke.« Ich zeigte ihm das Bild.

»Interessiert mich nicht.«

Doch ich hielt ihm das Photo vor die Nase und zeigte auf Mr. Alans Beine.

»Du wirst nie im Leben zur Armee gehen«, sagte ich.

»Du kannst mich mal – und ob ich das werde.«

Dann kam der Tag, an dem sie uns unsere Abschlußzeugnisse rüberreichten. Luke war schon im Reisefieber. Er hatte sich selbst den Kopf geschoren und sich vier neue Schlipse gekauft. Er hatte sich auch spießige Anzugsschuhe gekauft und sie mit Spucke gewienert. Als er seine letzten Sachen gepackt hatte, stand mein Grand Le Mans vor der Tür. Seine Leute waren nicht zu Hause, um ihn nicht verabschieden zu müssen. Der Konflikt war eskaliert. Sie redeten nicht mehr miteinander.

Luke stand da, mit finsterer Miene, und schüttelte nur den Kopf. Er kam nach Wainwright, Alberta, zur Grundausbildung.

Wir kriegten noch ein paar Briefe von ihm, die wir immer am selben Tag beantworteten.

Nur noch einmal kam Luke nach Fort Simmer zurück, und das war zu Weihnachten. Als erstes trafen wir uns zum Kaffee. Ob ihrs mir glaubt oder nicht, uns kamen die Tränen. Da waren wir selber schon am Arctic College und studierten Bodenrecht und waren die Stars der Seminare. Keine Mathematik! Wir hatten uns regelrecht ins Lernen verliebt. Gefühlsmäßig allerdings war ich am Ende. Sheila ging mit meinem Verräter von Bruder! Soviel zum Thema Inzucht im Norden Kanadas!

Luke sagte uns, sein Regiment sollte im Frühjahr nach Jugoslawien gehen. Wir hörten ihm zu, und ich weiß noch, wie ich dachte: Hier ist ein fieser Typ zurückgekommen. Er hatte eine kahle Birne, fluchte wie ein Trucker und rauchte Zigarren. Aber das war es nicht. Innerlich hatte er einen Haß auf alles und jeden. Wir hatten Probleme, länger mit ihm zusammenzusitzen. Er erschreckte uns. Er erzählte von all den Nutten, die er und seine Armykumpels aufgerissen hatten. Sprach er von seiner Mutter, war sie nur »die Hure«. Und über seinen Vater verlor er kein Wort. Wir erkannten Luke einfach nicht wieder, und, ehrlich gesagt, wir hatten auch die Lust dazu verloren.

Die Rote war für diesen Abend mit ihm verabredet. Und auch sie empfand ihn als brutal. Sie hatten einander jede Woche geschrieben, seit er gegangen war. Nach seinem Besuch ließ sie es bleiben.

In Lukes Trailer hatten mehrere Kreuze gehangen, an jeder Wand eins. Die Nägel in Christus' Händen und Füßen waren sehr naturgetreu dargestellt. Ich hatte sie berührt, bevor wir ihn zum Flugplatz geschafft hatten. Sie waren aus kaltem schwarzem Metall.

Nachdem er nach Jugoslawien gegangen war, verschwand Luke gänzlich aus unseren Augen, und seine

Leute verzogen sich noch weiter nach Norden. Ich weiß nicht mal, ob er noch lebt.

Wenn ich an ihn denke, sehe ich ihn immer neben Mister Alan, unserem Verbindungslehrer, einherrennen. Ich stelle sie mir jung, schön und frei vor. Ich möchte sie mir beide vorstellen, wie sie lachen, aber das gelingt mir nur bei Mr. Alan. Luke hat immer noch diesen Ausdruck von Haß auf alles und jeden im Gesicht, diesen Ausdruck eines Menschen, der innerhalb einer Stunde vom Himmel in die Hölle befördert wurde, an einem Morgen, als alle in unserer kleinen Stadt noch schliefen.

Und ich sehe die schwarzen kalten Nägel in den Füßen und Händen jenes Christus aus Plastik, und ich denke an Luke.

Du kannst hier im Handumdrehen gekreuzigt werden. Du überlebst zwar, wenn Gott dich läßt, aber die Narben behältst du dein Leben lang, wie Clarence. Den hatte sein Vater, als Clarence noch ein halbes Kind war, auf offener Straße ausgepeitscht, weil er im Laden eines Weißen etwas gestohlen haben soll, ein Spielzeug. Clarence hatte immer wieder seine Unschuld beteuert, aber keiner hatte ihm geglaubt. Später stellte sich heraus – es war nichts als eine Lüge des Weißen, die er in die Welt gesetzt hatte, um Clarence zu schaden, weil der seinem eigenen Sohn in der Schule in Englisch weit überlegen war. Sein Vater hatte sich bei Clarence nicht mal entschuldigt. Seitdem konnte Clarence ohne Prozac nicht mehr leben.

Oder da war der Fall eines anderen Leuchtturmes von Simmer, der von seinem Vater regelmäßig in einen

Schuppen geholt worden war, »um trommeln zu lernen«, bis Gott den Schuppen eines Tages in Flammen aufgehen ließ, wie die Leute sagten. Nur der Junge überlebte, wenn auch knapp. Die Narben können bis heute auf seinem Rücken besichtigt werden.

So was konnte uns allen passieren, jeden einzelnen Tag. Mir, Clarence oder Herman. Herman Trevor, diesem erwachsenen Kind, mit seinen Liedchen über den Wind und so weiter.

Yellowknife

Eines Morgens am Arctic College hatten wir Herman beim Rugby vom Feld genommen, Clarence und ich. In der Dusche hatte er angefangen zu heulen und zu schreien, dabei wollten wir ihn nur schonen und ihm zeigen, wie er sich mit bestimmten Tricks gegen die Tritte von Scott und anderen Brutalos schützen konnte!

Ein anderes Mal saßen wir mit Herman zum Lunch in einer Kneipe in Yellowknife, die »Red Robin« hieß, und erklärten ihm, daß er schlecht säße, mit dem Gesicht zur Wand, weil er so nie die Kellnerinnen sehen könne.

»Überhaupt nicht«, hatte Herman gesagt, »ich glotz überhaupt nicht auf die Wand, ich seh nur aus dem Fenster hinter euch.«

Wir drehten uns um und hatten einen der Berge von Yellowknife vor uns, wie er klar aus den Wolken kam. Wow! Und Herman versteckte sein Lächeln hinter seiner Kinderhand.

Er hatte kleine, engstehende Augen. Es wurde einem schwindlig, wenn man da zu lange reinsah, als wenn man in all die Kellnerinnen in der Kneipe auf einmal verliebt war. Seit diesem Moment konnten wir ihn gut leiden, Clarence und ich. Herman war schon neunzehn. Vor kurzem hatte er zwei komplette Zusammenbrüche gehabt und hing an der Spritze.

Und zu seinen Schreianfällen erklärte er: »Schon als Kind mußte ich immer alles rausschreien. Ich konnte meine Gefühle nie zurückhalten wie andere Kids.«

Er war einfach anders.

Wir fragten uns, speziell ich, wie es ihm ergehen würde, wenn er es mit der ersten Frau machte, die ihn akzeptierte. Würde er die Augen schließen und ihre Hände halten und mit seiner Zunge ihre Lippen teilen und mit ihr gehen, und würde der Himmel ihm zwischen die Beine stürzen – don't stop, don't stop –, und würde ihm der Schädel dröhnen, wenn sie ihre Schenkel um ihn schloß, als wäre er zwei Stunden in einem luftleeren Raum eingeschlossen? Würde sie sagen »Du lachst so schön«? Und würde sie ihm sagen »Das ist das schönste Geräusch auf der Welt«? Und würde er beobachten, wie sie ihn anlacht, und dann erklären: »Der Grund, warum die Hunde dich anbellen, wenn du auf der Straße gehst, ist der, daß du in einem früheren Leben einmal einen Hund gefressen hast, was sie an deinem Atem riechen können. Deswegen beißen sie dich. Es bist nicht du, den sie hassen, es ist dein Geruch.« Und finge sie an, ihn zu umarmen und zu küssen, und fielen sie erst einmal voreinander auf die Knie, dann hörte Herman vielleicht ein für allemal mit dem Schreien auf.

Mittags um zwei nach dem Rugby kam Scott zu uns. Clarence, Herman und ich spielten Domino, als er plötzlich ins Zimmer stürmte, um Herman anzumachen. Der fette, rotköpfige, rugbyspielende, immer besoffene Scott. 180 Pfund. Dicke Knöchel. Fette Beine. Schäbig. An allen vier Enden mistig wie ein Köter.

Er hatte mal wieder im Suff die Toilette vollgekotzt.

»Warum hat Herman meine Kotze in der Toilette nicht aufgeleckt?«

Clarence und ich sagten: »Verpiß dich!« Wir Indianer waren immer kurz davor, ihn zu skalpieren, wenn wir ihn sahen.

Was antwortete Scott? »Habt euch nicht so, war bloß ein Witz.«

Wir sagten: »Laß endlich die Finger von Herman!«

»Leckt mich«, sagte er. »Dieser Schwachsinnige hier mit seinem Computerscheiß kann sich doch nicht mal den Arsch richtig abwischen. Die sollte man alle abspritzen.«

Sie waren alle krank an diesem College. Nicht einer spülte seine Pisse runter. Man konnte sie in den eigenen Klamotten riechen, wenn man vom Klo zurück auf sein Zimmer kam.

Scott sagte: »Wetten, daß ich Herman dazu kriege, meine Kotze aufzulecken?«

Wir scheuchten ihn aus dem Zimmer, aber die Luft blieb dick. Als auch Herman schweigend gegangen war, sagte Clarence: »Irgendwas muß passieren.«

Wir haßten Typen wie Scott. Wir haßten diesen weißen Bullen, und wir mußten etwas tun, das wir haßten.

Clarence sah zur Decke. Wir lauschten dem Geheule und Gejammer aus dem Duschraum über uns und schüttelten unsere Köpfe. Herman war wieder dabei, mit sich selbst zu reden, und ich glaube nicht, daß er das wußte.

Clarence sagte: »So wimmern junge Karibus, wie Katzen.«

Abends versperrten mehrere Typen meine Tür und hielten sie zu, während einer ein paar Pennies ins Schloß drückte, so daß es völlig blockiert war. Ich donnerte gegen die Tür, und sie lachten sich draußen kaputt.

»Gefällt dir nicht da drin? Wir sind bloß im dritten Stock. Warum springst du nicht? Spring doch.«

Ich brüllte: »Welcher Idiot war das?«

Einer bombte mit einem Basketball gegen die Tür. »Gefällt dir deine Zelle? Gefällt sie dir?« – Scott, wer sonst?

Irgendwo fing Herman an, wie ein Karibu-Junges zu heulen. Ich ahnte, was passieren würde. Aber dann kam Clarence, und es hörte sich an, als wenn er dieses ganze verdammte Internat zusammentrieb und sich Scott griff und ihn skalpierte und ihm die Haut bei lebendigem Leibe abzog und dieses ganze College mit seiner Rifle in Schutt und Asche legte.

Nachts war Vollmond, und draußen sprangen die Hunde in die Luft und drehten sich und versuchten ihre Ketten zu zerreißen.

»Hör zu«, sagten wir zu Herman, »dies ist eine Stammeskriegsgeschichte von zu Hause. Sie wird dich stark machen.«

Herman nickte. Wir erzählten ihm die Geschichte von dem alten Slavey, der sich zwischen sein Enkelkind und einen silbergrauen Grizzly stellt, entschlossen zu sterben. Er hat nur eine Axt in der Hand und hinter sich seinen Enkel und auf seinen Lippen den Satz: »Komm und greif an!«

Herman sagte: »WOW.«

Clarence fragte: »Kapiert, Herman? Hast du kapiert, was wir sagen wollen.«

Und Herman antwortete: »Yeah. Sieht so aus.«

Wir nickten ihm zu und holten unsere Balaclavas raus. Wir, speziell Clarence, produzierten unsere Muskeln und prüften Hermans, und ich probte den Kriegsschrei der Kraniche, und Clarence pfiff auf seiner Kriegspfeife.

Wir sagten: »Was wir machen werden, Herman, ist folgendes: Wir ziehen uns die Masken über, greifen uns Scott, ich und Clarence und du, und wir nieten ihn um.«

»Wollen wir das wirklich tun?« fragte Herman voller Angst.

Wir sagten: »Ja, wir werden ihm auflauern und ihn überrollen.«

Und Herman erwiderte: »Ja, wir werden ihn in Grund und Boden nieten.«

Clarence und ich lachten ihm zu.

Alle in diesem Internat wußten, daß Scott Herman folterte, aber keiner tat was dagegen. Kein einziger. Und Clarence und ich wohnten im dritten Stock, und wir konnten Herman nicht immer bewachen, aber wir konnten auch nicht immer nur dasitzen und Domino spielen.

Im Mondschatten warteten wir, die Balaclavas überm Gesicht, am Sportplatz, alle drei. Scott torkelte aus Richtung der Campusleitung auf uns zu. An seiner Hand schlenkerte ein Sixpack Bier. Sein Tempo tendierte gegen Null. Wir nahmen an, er hatte einen Plan.

Sein Gesicht war fies wie immer, wenn er vorhatte, eine Seele oder ein Mädchen zu ruinieren.

»Herman«, flüsterten wir. »Denk an den silbergrauen Grizzly, und laß ihn uns in Stücke reißen.«

Herman drehte sich Scott zu, und ich dachte in der Sekunde, er würde sich auf Scott stürzen.

Wir rannten los, und Clarence pfiff auf seiner Pfeife. Scott blieb stehen. Er schien zu überlegen. Wo war er hier? Clarence pfiff, und ich ließ mein Kriegsgeheul ertönen. In meinem Schädel dröhnte es, wir waren Wölfe. Herman stand noch im Gebüsch, während sich Scott schwerfällig vorlehnte und um sich glotzte. Ich packte ihn, fuhr ihm an die Gurgel, riß ihn um, und Clarence zertrat ihm die Nase. Scott kippte ab und versuchte, seine Gurgel mit seinen fetten Flossen zu schützen.

Ich sah Herman an und sagte: »Das ist deine Chance!«

Herman rührte sich nicht. Er stand nur da und starrte in die Gegend.

»Los! Beweg dich! Tu was!«

Doch Herman rührte sich einfach nicht vom Fleck. Ich versuchte was von seinem Gesicht unter der Maske zu erkennen. Er heulte. Stand da und heulte!

Jemand rief: »HEY!«

Wir zerrten Scott tiefer ins Gebüsch.

»HEY! CAMPUS SECURITY! STOP!«

Wir machten uns flach, als wir zwei von ihnen sahen. Sie rannten entschlossen in die falsche Richtung, und Herman hielt sich die Hand vors Gesicht und heulte und schniefte. Auch ich war naß, vielleicht vom feuchten Gras, aber Clarence war ganz bei der Sache.

»Alles okay! Er ist fertig!«

Ich zischte Herman an: »Warum tust du nichts? Wir haben ihn fest im Griff. Mach ihn alle.«

Hermann heulte nur in seine Hände: »Ihr habt ihn getreten! Ihr habt ihn schwer verletzt! Ich will nach Hause! Ich will nach Hause. Ich will nach Hause.«

Er fiel mir an die Brust. Ich hielt ihn, dieses arme Karibu-Junge, das wie eine Katze schrie und nicht aufhören konnte. Ich legte meinen Kopf zurück und heulte wie ein Wolf.

Es regnete Scheiße, als man rausfand, was wir getan hatten. Scott kam in die Klinik, und Herman wurde sofort weggesteckt, unser altes Kind. Ein Junkie und weggesteckt, das war die Katastrophe! Und uns, die *soldiers of passion*, suchte man mit einer Anzeige wegen schwerer Körperverletzung.

Wir fühlten uns wie vier Pfund Kacke in einer Zweipfundtüte. Was sollten wir jetzt mit uns anstellen? Wir mußten weg aus YK, möglichst schnell und ohne Wiederkehr. Zurück nach Simmer kriechen wie die Verlierer? Zur Army gehen wie Luke?

»Diesen Strick können wir immer noch nehmen«, sagte Clarence. »Laß uns zu deinem Großvater gehen.«

»Wozu?«

»Um unsere Zeichen zu erfahren.«

Wir kämpften uns zu Snowbird durch, bis in den Busch nördlich von Fort Smith. Erst per Schlitten, dann zu Fuß.

Seine Hütte war dämmrig. Sie roch nach Trockenfisch und Einsamkeit. Ihr Vorteil: Sie war warm. Der Ofen glühte.

»Snowbird«, rief ich, als wir bei ihm eintraten.

»A-mi-nay?« fragte er. »Wer ist da?«

»Vielleicht dein verschollener Enkelsohn.«

Snowbird betrachtete uns lange mit seinen Medizinmannaugen, die trübem Glas glichen. Sah aus, als wenn irgendwer ein Ei in seine Augenhöhle geschlagen hätte. Wir rührten uns nicht. Ich stellte fest, daß aus dem Radio Musik kam. »Sometimes I feel like a motherless child« von Van Morrisson. Ergreifende Musik, wir schwiegen.

Er machte seinen Holzofen mit einem Stück Kleinholz auf, schob ein frisches Stück Fichte weit ins Feuer und schloß die Ofentür wieder mit demselben Stück. Das schwelende Stück Fichte schwenkte er durch den Raum. Harziger Fichtengeruch und Glut.

»Aus Fort Simmer? Der mich immer an den See geführt hat? Ich erinnere mich. Du warst kaum größer als so.« Er hob seine braune Hand bis zum Knie. »Hey-ya-hey. Da sollte ich wohl Tee aufsetzen für meinen verschollenen Enkel. Wir haben viel nachzuholen. Und wir sollten beten, weil wir uns nach so vielen Jahren noch wiedersehen.«

So wie es aussah, mußte Snowbird der einsamste Mensch auf der Welt sein. Er holte sich einen Beutel mit Drum-Tabak, öffnete erneut den Ofen, warf eine Prise Tabak ins Feuer und fing an, in der Sprache der Dogrib zu beten. Wir verstanden kein Wort mehr. Dann schaltete er auf Englisch um – für seinen Enkel und dessen Begleiter.

»... und dies ist für meinen Enkel«, sagte er. Dann gab er den Tabakbeutel mir. »Jetzt du, Sohn.«

Ich nahm eine Prise Tabak aus dem Beutel. »Für alle Kranken.«

»Ho«, machte er, und ich warf den Tabak ins Feuer. Es roch sofort nach Honig.

»Für Herman«, sagte ich.

»Ho.«

Ich wollte mich schon bekreuzigen, da fiel mir noch ein: »Für alle meine Feinde.«

»Ho!« sagte er diesmal lauter. Vielleicht betete ich ja für ihn und er für mich.

»Ich weiß, daß deine Frau gestorben ist, Großvater.«

»Ja«, sagte er voll Trauer. »Gottes Plan, nicht unsrer. Er ist der Boß.« Er zeigte mit einem Holzspan nach oben. »Jesus war auch ein Medizinmann, und hier sind eure Zeichen.« Er sog an seiner Pfeife. »Da sind drei Wölfe. Sie streunen vor der Stadt. Drei Wölfe. Einer ist weiß. Einer grau. Einer schwarz. Sie sind Gott, und so gehen sie über den Schnee.«

Wir schwiegen eine Weile, dann sagte Snowbird: »Du denkst an einen Jungen, der wie ein junges Karibu schreit?«

Ich versuchte meine zugeschnürte Kehle freizukriegen. Sagen konnte ich nichts.

Er wartete lange, lange, lange, bevor er mit weicher Stimme sagte: »Es war richtig, was ihr getan habt. Wir müssen tun, was wir tun müssen.«

Ich nickte. Ich wartete, daß Tränen meine brennenden Augen löschen würden. Wie konnte er von Herman wissen? Ich wartete, nickte, sah zur Seite. Wie konnte er davon wissen?

Er schenkte uns Tee ein und schaltete das Radio aus.

»Warum seid ihr gekommen?«

Ich holte tief Luft, aber Clarence war schneller: »Wir wollen den Jackpot knacken in Yellowknife. Achtzigtausend. Die Hälfte von allem ist für dich, aber segne die Hände deines Enkels. Kannst du das?«

Auf die Idee wäre ich nie gekommen – aber sie war gut. Glaubte ich.

Snowbird dachte darüber nach, dann nickte er. Er hielt mir seine kleinen dürren Hände hin. Ich gab ihm meine, und er segnete sie. Seine fühlten sich an, als würden sie aus den winzigen hohlen Knochen bestehen, wie Vögel sie haben.

Clarence hatte noch Fragen. »Wird dein Segen bis Yellowknife anhalten?«

»Ja. Aber er soll sich hüten, irgendwelche anderen Spiele zu machen, bevor er im Spiel ist, das er gewinnen will.«

»Was, wenn wir den Pott mit jemand teilen müssen?«

»Das wird nicht der Fall sein. Und etwas Tabak soll er opfern, wenn er nach Yellowknife kommt, und seinen Namen laut aussprechen, so kann ihm seine Seele nicht abhanden kommen. Und er darf nicht verges-sen, sich die Hände zu waschen, wenn er gewonnen hat.«

Wir warteten, ob noch mehr kam. Doch Snowbird schwieg. Dann fragte ich ihn: »Wenn wir gewinnen – was wirst du mit deiner Hälfte machen?«

Snowbird schwieg wieder, diesmal sehr lange. Es war, als wenn er auf das Feuer lauschte und jedem Wort des verklungenen Morrisson-Songs nachsann, jedem Instrument und vielleicht jedem Gedanken eines jeden

Instruments und vielleicht jedem Gedanken eines jeden Spielers. Es war, als wenn er die erbärmliche Einsamkeit noch einmal abschmeckte, mit der er Tag für Tag zu leben hatte.

»Was ich mir wünsche?« fragte der Alte schließlich. »Daß jemand bei mir ist und mit mir die Bibel liest. Die Bibel ist so ein herrliches Lied, so herrlich und mit so vielen herrlichen Stimmen gesungen. Ich würde Tee machen, und wir würden darüber reden. Das ist es, was ich mir wünsche, Sohn.«

Ich stand auf. Meinte er mich?

»Ich brauche kein Geld«, fuhr er fort. »Du bist jung. Behalte es. Aber vergiß deinen Großvater nicht.«

Ein Medizinmann bat mich um etwas! Mich! Unglaublich! Er streckte seine kleine, zerbrechliche Hand aus. Ich nahm sie.

»Gibt es eine Frau in deinem Leben, Sohn? Wo bleiben meine Urenkel?«

»Heute jemanden lieben, Großvater? Die Erde brennt!« sagte ich und ließ seine Hand los.

»Warum redest du so?«

Ich sah in seine blinden Augen. »Es ist höllisch schwer für mich, ein Herz zu finden, das so schlägt wie meins.«

Er nickte, aber ich glaube, er hatte keine Ahnung, wovon die Rede war.

»Wir müssen zurück, Großvater. Aber kann ich dich noch was fragen? Warum hast du dich nie selbst geheilt, deine Augen, meine ich.«

Er zog seine dünnen Lippen zwischen seine falschen Zähne. »Dazu müßte ich einen Menschen töten und dessen Augen nehmen. Und wäre mir dann geholfen? So konnte ich meinen Hund nehmen, und die Kinder brachten mich, wohin ich wollte. Hätten sie mir sonst geholfen? Auch bin ich schon halb im Himmel, Sohn. Warst du nicht der, der die *fireweed roots* riechen konnte?«

Das war richtig. Ich hatte es vergessen. Tatsächlich war ich es gewesen, der ihn als Kind an die Bay geführt hatte, zusammen mit seinem Hund.

»Was riechst du, Sohn?« hatte er gefragt. »Feuer«, antwortete ich prompt. »Ich rieche Feuer.« Und er gluckste vor Vergnügen. Als kleiner Junge konnte ich Feuer riechen und auch, wenn Bäume krank waren.

Als wir gingen, sagte er noch: »Wenn ihr wollt, nehmt mein altes Haus in Smith. Es steht leer. Ich werde es nicht wieder benutzen.«

Wir kamen aus dem Gold Range Hotel gerannt. Meine Ellenbogen waren ruiniert, das Blut lief mir bis in die Socken. Etwas war schiefgelaufen.

Meine Hände waren nach dem Spiel aufgesprungen wie vom Frost und begannen zu bluten. Warum? War es ein Ausschlag? Ich hatte einen Schock. Jemand würgte mich. Wer? Ich sah mich um. Die Luft blieb mir weg. Waren es meine eigenen Hände, die sich um meinen Hals klammerten? Ich rannte schlotternd ins Casinoklo vor den Spiegel. Da sah ich es. Ich hatte Klauen statt Hände, Teufelsklauen. Die gleichen Hände, mit denen ich eben noch achtzigtausend gewonnen hatte, gruben sich in meine Kehle. Ich hielt meine Klauen so lange unter Wasser, bis sie sich wieder in Hände verwandelten.

Aber so blutend konnte ich nicht mal im YK-Fernsehen auftreten.

Ich haßte die Stadt. Überall Taxis. Die Kleine, die vorhin schon hier gestanden hatte, wartete noch immer an der gleichen Stelle. Auf wen wartete sie? Auf ihre Leute? Ihre Füße steckten in diesen gelben Gummistiefeln. Jesus, wahrscheinlich fror sie wie blöd. Es war spät. Ich fühlte, wie mein Blut in meine Schuhe lief und sich dort sammelte. Ich sah sie an. Ihr Gesicht war dreckig. Sie schauderte. Beide mußten wir unbedingt diesen Bus kriegen.

»Du blutest«, sagte sie.

Ich hielt mich an einer Parkuhr fest. »Du solltest nicht hier draußen sein«, erwiderte ich.

»Ich kann so lange draußen sein, wie ich will.«

Meine Brust! Alles fing an, sich zu drehen. Ich verfluchte meine Mutter, ich spuckte Blut und verdammte den Tag, an dem sie mich zur Welt gebracht hatte. Ich starrte die Kleine an und sehnte mich danach zu sterben.

»Hab ich dir je erzählt, warum Gott die Meerjungfrauen getötet hat?« sagte ich und trat ab.

Als ich wieder zu mir kam, waren wir in einem Apartment. Schwarze Samtbilder an den Wänden. Klebriges Bier auf dem Fußboden, und auch ich bin über und über mit irgendwas Klebrigem bedeckt. Wundpflaster, überall Wundpflaster. An Händen und Füßen, Gesicht und Hals.

Nebenan läuft eine Party, unüberhörbar. Ich sitze da ohne Socken. Mir gegenüber Clarence. Waren wir verschleppt worden?

Die Kleine kam um die Ecke, irgendwas in der Hand. Was hatte sie da?

»Mein letztes Barbie-Pflaster für deine Füße.«

Ich sah an mir herab – an meinen Hacken fehlte die Haut, aber es kam kein Blut mehr. Mull und Haare auf einer rosigen Wunde.

»Okay«, sagte ich.

Sie wickelte die Pflasterrolle um meine Zehen. Ich versuchte, sie zu bewegen.

»Laß das«, sagte sie.

Ich sah mich um. Wir, Clarence und ich, saßen in diesen überwältigenden Urethanschaummöbeln. Himmel, hatten denn diese Leute von nichts eine Ahnung? Doch wo waren die Matchsäcke mit dem Geld? – Clarence hielt sie auf dem Schoß. Alles war gut. Es sah so aus, als würde er sie nie wieder hergeben wollen.

»Mach es ja nicht ab«, warnte sie mich.

»Wo ist deine Mutter?«

»Sie arbeitet.«

»So spät?«

Sie verschränkte ihre Arme. »Meine Mutter arbeitet!«

Clarence sagte: »Okay, Schatz, okay. Du bist der Boß. Hat deine Mutter vielleicht eine Zigarette hier irgendwo rumliegen?«

Sie verneinte. »Warum hat Gott die Meerjungfrauen getötet?«

»Come on«, sagte ich, »das willst du doch nicht wirklich wissen?!«

»Ich will.«

»Bist du eine Cree, eine Chip oder eine Slavey?«

»Ich bin eine Dene.«

Und schon saß die Kleine auf meinen Knien. Mir kam es vor, als würden meine Knochen durch mein Fleisch treten.

»Wie alt bist du?« fragte ich sie.

»Neun.«

Meine Medikamente! Wenn ich jetzt meine Medikamente hätte. Ich konnte zwei Mahlzeiten aussetzen, ohne es zu spüren, wenn ich nur meine Medikamente hätte.

»Was ist mit deinen Armen passiert?«

»Ein Unfall«, sagte Clarence. »Wie heißt du?«

»Stephanie. Und er?« Sie zeigte auf mich.

Clarence erklärte: »Er heißt ... Richard.«

»So heißt er nicht!«

»Aber doch.«

»Wie heißt du wirklich?«

Ich sah mich um. Niemand außer uns im Raum.

»Haselchen«, sagte ich. »Ich hasse meinen Namen. Nenn mich einfach Richard.«

»Warum?«

»Mußt du das wissen?«

Ihre Augen blitzten auf. »Doch ich will.«

Clarence: »Er ist ein Feuerteufel.«

»Warum?«

»Ich habe eine genetische Macke.«

»Was?«

»Er hat eine Drüse im Gehirn, die produziert so was wie Kokain. Und manchmal liefert sie zuviel.«

Stephanie legte ihre Stirn in Falten. »Du spinnst.«

Ich sagte: »Paß auf. Wie reinigt Gott?«

»Mit seinen Händen.«

»Nein. Mit Feuer. Und ich halte das Feuer unter Kontrolle, bevor es mich unter Kontrolle hat.«

Sie verstand nichts mehr und hörte nicht mehr zu. Doch dann schürzte sie ihre Lippen: »Aber Feuerteufel sind Bettnässer, sagt mein Daddy.«

Wir lachten, zum ersten Mal seit Tagen!

»Wo ist dein Alter?« frage ich sie.

Sie antwortete nicht, sah nur zu Boden. Ich hätte es gleich wissen müssen.

»Warum hat Gott die Meerjungfrauen getötet, Richard?«

Ich sah Clarence an. Clarence fing an: »Gott tötete die Meerjungfrauen ... weil ... er tat es einfach.«

Stephanie sah mich mit ihrem ungewaschenen Gesicht an und legte ihren leichten Kopf auf meinen Schulterknochen. »Aber warum?«

Verflucht, dieses Kind vertraute uns völlig. Es war elf Uhr nachts, ihre Mutter hockte sonstwo in der Kneipe, und sie saß hier auf meinem Schoß. Okay. Sie hatte mich gerettet, ich war in ihrer Schuld, und ich brauchte Zeit, um mich bis zum letzten Bus zu erholen.

»Well«, sage ich, »dies ist die Geschichte. Es ist keine Geschichte von früher, nicht eine Es-war-einmal-vor-langer-Zeit-Geschichte; es ist eine Geschichte von mir – aber hat deine Mutter wirklich keine Zigaretten da? Mir platzt der Schädel!«

»Richard!«

»Okay, okay. Also das wichtigste ist, daß die Matrosen, wenn sie Meerjungfrauen entdeckten, immer von ihren Schiffen sprangen und zu ihnen schwammen.«

Clarence: »Sie vergaßen ihre Häuser, ihre Hypotheken, ihre alten Mütter. All das vergaßen sie.«

Ich fuhr fort: »Sie sahen nur die wunderschönen Weiber und wollten nur noch eins: Sie besitzen. Sie bekamen aber nie eine zu fassen. Statt dessen ertranken sie, aber sie ertranken mit glänzenden Augen.«

Clarence: »Und dann sahen sie die Meermänner, während sie noch schwammen, die waren nicht weniger schön, und sie verliebten sich in die Meermänner. So wurden sie bisexuell.«

Ich sah Stephanie prüfend an. Doch sie schlief schon halb.

»Weißt du, was das bedeutet?« fragte Clarence sie. Sie verneinte. »Es bedeutet, daß du alles und jedes um dich herum liebst. Du liebst Männer, du liebst Frauen, du liebst Hundewelpen, du liebst ...«

Ich spann den Faden weiter: »... dein Land, und du liebst sogar Westernmusik. Du liebst wirklich alles und jedes. Die Meerjungfrauen und Meermänner waren so wunderschön, daß die Menschen nichts weiter wollten, als bei ihnen zu sein, bis zu ihrem Tode.«

»Sie schnitzten ihnen Tempel aus chinesischer Jade, so daß die Meerjungfrauen und Meermänner auf Thronen sitzen konnten. Die Meermänner mußten die Menschen ans Essen erinnern, denn die Matrosen liebten sie dermaßen, daß sie das Essen vergaßen. Wie Bisons in der Brunst. Sie vergaßen einfach zu essen. Sie wollten nur noch Liebe.«

Stephanie schlief, fast.

»Er tötete die Meerjungfrauen, weil ...«, hob ich erneut an.

»… sie schöner waren als er selber«, sagte Clarence. »Die Menschen verehrten sie mehr als ihn. Sie vergaßen Gott.«

»Er wollte, daß die Menschen sich daran erinnern, daß er noch da war …«

»Deswegen schickte er uns Gift, Heroin. Weil wir ihn vergessen haben.«

Ola! Ich krümmte meine Finger und machte eine Faust. Morgen würde ich mich keinen Zoll bewegen können. Ich lehnte mich in den Sessel zurück. Hoffentlich machte meine Lunge mit. Ich hielt Stephanie fest an mich gedrückt, sehr fest. Sie hatte immer noch diese Gummistiefel an. Ich umarmte sie und hielt sie fest.

Wo, verdammt noch mal, steckte ihre Mutter? War sie denn so naiv, daß sie keinen Schiß hatte vor all den kranken Typen, die die Straßen bevölkerten? Längst hätte einer von uns seinen Schwanz vor Stephanies Augen rausziehen können!

Plötzlich fragte sie: »Wißt ihr, wo Fische schlafen?«

»Ich denke, du schläfst?«

»Wo schlafen sie?«

»Keine Ahnung.«

Sie lächelte still. »In Flußbetten, ihr Dummerchen.«

»Oh«, machten wir und platzten dann vor Lachen.

Sie sah mir lange in die Augen, bevor sie mich fragte: »Seid ihr schlechte Menschen, Richard?«

Waren wir schlechte Menschen? »Wir sind keine schlechten Menschen«, erklärte ich.

Wir hatten nur einmal den schlechten Menschen in uns zugelassen, als wir beinahe Scott gekillt hatten. Und Herman war jetzt da, wo er nicht sein sollte.

Ich lehnte mich in den Sessel zurück. Schlaf erlöste mich …

Wir sind am Fluß, Herman und ich. Es ist eine sündhaft schöne Nacht. Wir erholen uns, nachdem wir beim Waldhüter die Tür eingetreten und das Haus geplündert haben. Herman wußte, daß der Mann mit seiner Alten in der Stadt war. Nebel liegt wie ein Lied über den Gewässern. An den Flußufern brennen Feuer und laufen Partys. Wir sitzen um unser Feuer, zählen die Sterne und lauschen auf die fernen Stimmen, versuchen sie zu erkennen und zu verstehen, was sie sagen.

»Das ist, schätze ich, mein liebster Platz auf der ganzen Welt, Bruder«, sagt Herman.

Ich denke darüber nach. »Meiner auch, schätze ich.«

Wir können die Stockenten lachen hören, irgendwo, nicht zu weit entfernt. Ein paar pfeifen über uns hinweg. Dann kommt eine Brise, die erste Sommerbrise. Sie ist noch kühl. Sie streicht uns durch die Armhaare und vertreibt den Nebel. Wir teilen den Tabak des Waldhüters und lassen seine Flasche kreisen. Und dann sagt mir Herman die Wahrheit.

Allerdings weiß ich schon Bescheid, schon lange. Die Art, wie sein Kindergesicht verfällt. Sein durchnäßtes Nachthemd und seine nasse Matratze. Ich hätte Snowbird längst fragen sollen, ob er nicht einen Zauber gegen das Gift hatte. Welches Tier könnte wissen, welches Körperteil es opfern müßte. Karibus? Bärenzungen helfen gegen Krebs, habe ich gehört. Aber gegen Heroin? So viele Fragen.

»Was soll ich bloß machen, Larry«, fragt Herman.

Er hat reichlich Gewicht verloren. Er kann nicht

mehr verbergen, daß seine Hände zittern. Er wischt sich mit seinem Ärmel die Tränen aus den engstehenden Augen. »Es wird jeden Tag schlimmer. Ich schaffs nicht mehr. Und noch schlimmer, ich wills nicht mehr schaffen.«

Ich versuche eine perfekte Antwort zu finden. »Was würde ein kranker Wolf tun?«

»Das ist nicht die Frage«, sagt Herman. »Was würde ein kranker Wolf tun?! Ich sterbe, und ich bin seit gestern ohne Medikamente, und ich hab keine Lust, in die Apotheke zu gehen. Wenn uns jemand zusammen tot auffinden würde, würden wir dann nicht die Helden von YK sein?«

»Du bist ohne Medikamente? Du Idiot! Und wir sitzen hier? Wir müssen in die Stadt!«

Ich fange an zu zittern. Irgendwas würde passieren.

Da sagt er: »Larry, ich hab nachgedacht. Alle Möbel im Internat bestehen doch aus diesem Urethanschaum. Er strömt Zyanide aus, wenn er brennt, hast du mal gesagt.«

Ich stehe auf und schreie ihn an: »Was erzählst du mir da?«

»Du mußt es machen, wenn ich tief schlafe, bei Feueralarm wache ich auf. Zwei tiefe Züge reichen, bevor die Feuerwehr da ist. Es soll schmerzlos sein. Machst du das für mich?«

»Nein«, sage ich, »nie! Sag das nie wieder!«

Und dann renne ich los. Ich renne, bis ich ohne Atem bin und keuche, aber ich komme keinen Schritt vorwärts. Ich weiß, daß alles nicht wirklich ist. Ich hoffe, jemand kommt und sagt, daß alles nicht wirklich ist. Ich denke, bis ich nicht mehr kann, und dann höre ich den Schuß.

Die Flinte des Waldhüters. Die wir unter seinem Bett gefunden haben, die wir mitgenommen haben, um sie zu bunkern.

Am Ufer. Überall Blut, als ich ihn finde. Ich habe noch nie Blut gesehen, das so rot ist. Hermans Augen sind noch offen. Sie sehen zum Fluß. Der Rosenkranz des Waldhüters ist in seine Finger geflochten. Hermans weit offene Augen. Sehen zum Fluß. Blut so rot wie nie zuvor.

Und da ist noch die Selbstgedrehte. Sie raucht noch. Sie raucht sich selber. Ich nehme sie auf und rauche sie zu Ende. Die Partys am anderen Ufer sind vorbei. Die Leute haben gejubelt und geschrien, als der Schuß gefallen ist.

Jetzt ist Herman da, wo die Fische schlafen, in seinem Flußbett. Herman, der die Meermänner liebte.

»Richard! Richard.« Stephanie rüttelte an mir. »Wach auf! Du hast einen Alptraum.«

Ich sah mich um. Ich war voll Schweiß. »Ich hab was?«

»Du hast immer nach Herman gerufen. Wer ist Herman? Hast du ihn gesucht?«

Ich sah Clarence an. »Ja, aber er ist weg.«

»Mein Vater ist auch weg. Meine Mutter sagt, es ging sehr schnell, schneller als der Wind. Er ist erfroren. Vielleicht hat ihn aber nur der Wind gefangen.«

Sie sah mich an, und dann sagte sie: »Ich werde eure Schwester sein und ihr meine Brüder.«

Ich merkte, wie mir die Tränen kamen. Ich wollte Stephanie nicht ängstigen, also nahm ich sie schnell hoch und umarmte sie. Aber dann kamen die Tränen doch, sosehr ich mich auch dagegen sträubte.

»Nehmt ihr mich mit, Richard?« fragte sie. »Ich will hier nicht mehr sein. Ich hab hier nur Angst. Ich muß immer nur aufwischen, kochen, saubermachen.«

Ich sah auf meine Hände und dachte an Snowbird. »Willst du mit zu mir kommen, wo ich lebe?«

Stephanie dachte lange nach. »Und was machen wir mit meiner Mutter?«

»Wir rufen sie an, wenn die Dinge besser laufen. Mein Großvater würde dich gern sehen.«

»Wirklich?« Sie kratzte sich den Kopf und lächelte. »Ganz wirklich?«

»Ganz wirklich. Kannst du lesen?«

Sie nickte. »Laß uns gehen. Zu dir nach Hause.«

In diesem Moment schoß Clarence hoch. Er nahm die Geldsäcke und rannte aus dem Zimmer. Nach einer Sekunde rannte ich ihm nach. Vielleicht hatte er recht. Vielleicht war es höchste Zeit abzuhauen. Vielleicht sollten wir abwechslungshalber den Versuch machen, uns selber zu helfen, bevor wir anderen halfen.

Gehetzt rief ich Stephanie noch zu: »Ich rufe dich an, wenn es meinen Händen bessergeht, okay?«

Dann waren wir draußen.

Clarence sagte: »Du hast dir nach dem letzten Spiel nicht die Hände gewaschen!«

Er hatte recht. Das war es! Ich hatte mir nicht die Hände gewaschen, wie Snowbird es gesagt hatte, und so hatte sich seine Medizin gegen mich gewandt. In der Aufregung hatte ich es völlig vergessen. Das war der Grund gewesen.

Später pellten wir, Clarence und ich, vorsichtig, vorsichtig, Stephanies Pflaster von meinen Händen, und ich badete sie im Schnee – und sie heilten. Nicht sofort, aber sie heilten.

Wie sollte ich das alles dem alten Mann erklären?

Ich hatte Tabak geopfert, als wir von Snowbird wieder nach YK kamen, und meinen Namen gerufen, leise. YK war ein zu heißes Pflaster geworden.

Natürlich hatten wir den Jackpot geknackt, was sonst?

Mehr als achtzigtausend – viel mehr. Statt aber das Geld auf die Bank zu schaffen, hatten wir, Clarence und ich, ein Taxi gerufen und waren direkt hoch zum Gold Range Hotel gefahren. Ich wollte keine Sekunde länger in YK bleiben als nötig. Aber Clarence war sich sicher, die Prophezeiung des Alten würde gegen mehr als eine Bank wirken. Clever. Und so kam es. Ich gewann jedes Spiel auf Anhieb. Aber was sollten wir mit soviel Geld?

»Mit soviel Geld kannst du in Kanada in jedes Geschäft einsteigen, aber mit keinem machst du so schnell deine erste Million wie mit Pot«, hatte Clarence gesagt.

Das war korrekt.

»Wir dealen«, sagte Clarence. Er war es, der uns in Simmer regelmäßig mit Stoff versorgt hatte. Ich hatte, ehrlich gesagt, keine Ahnung von dem Geschäft.

»Hier in YK?« fragte ich. »Wo sie uns suchen?«

»In Fort Smith. Ich kenn die Szene da und Jungle. Heißer Typ, dieser Jungle.«

»Und?«

»Man macht drei Joints aus einem Gramm. Das sind zehn Dollar pro Joint, also dreißig Dollar für ein Gramm. Ein Achtel sind drei und ein halbes Gramm. Ein Viertel sind fünf, sechs oder sieben Gramm, je nachdem, ob du es abschätzt oder wiegst. Wenn du keine Gewichte bei dir hast, und du machst ein Geschäft von jetzt auf gleich, einen Loonie, sind das sieben Gramm. Eine halbe Unze, und wir reden hier von lockerem, trockenem Stoff, das sind zwei bis drei Fingerspitzen. Eine ganze Unze sind vier. Hast du nassen, stinkigen, miserablen Stoff – miß ihn nie mit den Fingern, weil sieben Gramm können da wie drei aussehen. Es sind immer achtundzwanzig Gramm pro Unze. Dreißig Dollar das Gramm. Du machst damit achthundertvierzig Dollar, falls du nicht selber paffst oder was vertust. Eine halbe Unze sind vierzehn Gramm, die kannst du normalerweise für zweihundertfünfzig Dollar umsetzen. Sechzehn Unzen kommen auf ein Pfund, acht Unzen auf ein halbes Pfund und vier auf ein Viertelpfund. Ein Pfund, oder auch einen Ellenbogen, kannst du für dreitausendfünfhundert Dollar kaufen oder auch für vier große Scheine, abhängig von der Qualität und davon, mit wem du dealst. Das Pfund hat vierhundertachtundvierzig Gramm. So kannst du dreizehntausend Dollar machen, wenn du es Gramm für Gramm verkaufst. Okay?«

Ich verstand nur die Hälfte, aber ich hätte nie gedacht, daß Clarence plötzlich so gut rechnen konnte.

»Jungle kann aus einem einzigen Pfund viertausendsechshundert Joints drehen. Ganz so gut bin ich nicht, aber ich arbeite dran.«

Fort Smith

Clarences orangefarbener Mustang röhrte die Zufahrt zum Flughafen runter. Puderschnee flog über die Frontscheibe.

»Wartest du schon lange?« Clarence fing den schlitternden Wagen in aller Ruhe ab.

»Lange genug, um endlich einen Scheißkaffee zu bekommen.«

Die winterweißen Zweige der Fichten hingen wie Elchschaufeln herunter. Es war die Zeit, in der die Elchbullen ihre Geweihe abwarfen.

»Was haben wir für ein Datum?«

»Den siebzehnten Dezember, Baby. – Wirst du die nächste Zeit hierbleiben?«

Ich dachte an Spring. »Damit mußt du leben.« Mein Mund brannte nach der Operation. Clarence grinste und starrte nach vorn.

»Okay. Was kommt, kommt. – Ich hab da eine Idee für so einen Song, wie du sie immer schreibst. Der Titel könnte ›Jagdschein‹ lauten. Wir könnten ihn zusammen singen. Erst du: ›Sie liebte es von hinten. Sie liebte den Dogrib-Stil.‹«

Ich versuchte, nicht zu lachen.

Clarence trug eine seiner berühmten indigoblauen Anzugjacken und ein schwarzseidenes Unterhemd, einen Gürtel, der mit Silber und mit Türkisen ausgelegt war, und italienische Schuhe. Er glitzerte und glänzte, und die Stadt kannte ihn so: gestylt und aufgeziegelt. Wie wollte er in diesen Klamotten und bei diesem Wetter zum Beispiel einen Reifen wechseln? Wahrscheinlich trug er auch noch diese Socken, die wie Strumpfhosen aussahen.

»O yeah«, flötete Clarence, »dann gibt es noch einen weiteren Teil, mit dem komme ich rein und fange an zu rappen. Du bist Chick D. und ich Flavour Flave.«

»Wer?«

»Von Public Enemy. Hast du die Scheiben nicht gehört, die du von mir hast? Egal, ich komme rein, seh mich um, und der Beat geht los. Ich fang so an: ›Yeah, ihr alle, *doggy style, Dogrib style!*‹«

Ich lachte laut – und verbiß es mir sofort wieder, winselnd vor Schmerz, der aus diesen elenden Wundnähten in meinem Mund brach.

»Was ist? Bist du okay?«

Ich kniff die Augen zu, bis der Schmerz nachließ. Ich hielt mir das Gesicht und hoffte bloß, daß der Mustang sich nicht überschlug. Stand Clarence unter Strom? Seit dem Flughafen fuhr er hundert Sachen, und warum redete er ununterbrochen und so schnell?

»Hast du dir wirklich die Weisheitszähne ziehen lassen?«

Ich nickte. – Doch Moment mal, war das nicht Springs Parfum hier im Wagen?

»Was nimmst du? T 3?«

»Toradol.«

»Toradol? Hatten sie keine Codeins? Wenn du welche hast – ich geb dir drei Dollar die Pille. Auf dem Schulhof, die Kids ...«

»Von den Kids wollten wir die Finger lassen.«

»Aber wir müssen den Markt besetzen, bevor die Gooks es tun.«

Ich schüttelte den Kopf. Zum Reden war ich viel zu fertig. »Wo sind unsere Leute zur Zeit?«

War es wirklich Springs Parfum oder nicht?

»Auf der Party, ich dachte, du bist im Bild. – Ist dir mal aufgefallen, wie viele Frauen in der Stadt rumlaufen, die unversorgt sind? Und zu viele, die auf normale Art zu keinem Orgasmus kommen? Und daß es zu wenige Kerle gibt, die noch Lust haben, ihnen zu helfen!«

»Yeah. Wie viele Frauen lassen sich aber helfen?«

Wir, Clarence und ich, hatten schon lange gesehen, daß vor allem die Frauen vom Dene-Stamm davon betroffen waren. Nur ganz wenige von ihnen ließen Männer an sich ran. Wohl, weil sie zu schüchtern waren, nahmen wir an. Eine Dene-Frau hatte noch keiner von uns gehabt. Weiße Weiber waren da anders, die wollten immer, die machten dich an! Aber »Schwestern« waren verklemmt. Und es war *doch* Springs Parfum!

»Wo ist Spring?«

»Spring?«

Dwight Yoakam sang was von einer Million Meilen nach nirgendwo. Ich schaltete ihn aus. »Wo ist sie?«

»Auf der Party, der Willkommensparty.«

Ich hielt mir das Gesicht. Ich hatte mir die Lippen mit Vaseline eingerieben, weil sie jedesmal aufsprangen, wenn ich sie bewegte, so zugeschwollen war meine Visage.

»Ist das nicht Springs Parfum hier drin?«

Clarence seufzte. »Na schön, jetzt hast du alles kaputtgemacht.«

Ich zeigte ihm die Faust. »Was geht hier vor?«

»Shit. Es sollte 'ne Überraschung sein. Wir haben Tage damit verbracht, die Sache einzufädeln. Auf dich wartet 'ne Party. *Deine* Willkommensparty, okay?«

Ich atmete auf. Wir waren beide still.

Eine neue Welle von Schmerz, Hitze, kaltem Schweiß suchte mich heim. Ich hatte seit den Basketballspielen in der Schule nie wieder so geschwitzt. Meine Spucke füllte meinen Rachen wie ein Sixpack Fruchtsaft.

»Ich brauch Bares, Clarence.«

»Wieviel?«

»Fünf.«

»Im Handschuhfach. Bist du so klamm?«

Ich griff in das Fach, genauer, in das Geheimfach dahinter. Darin lag ein dickes Bündel von Fünfzigern. War ich bankrott? Ich war bankrott. Ich hatte grade noch genug für das Taxi zum Flughafen gehabt, in Edmonton, Alberta.

»Borg mir was!«

»Nimm dir! Du kriechst auf dem Zahnfleisch, oder?«

Dank Fuckin' Jungle! Ich nahm eine neue Toradol. Fuck, ich brauchte Wasser, noch besser, Ginger Ale. Fünfhundert waren gut, aber kein Vergleich zu den einundzwanzigtausend, die ich auf meinem Girokonto hatte. Gehabt hatte. Ich hätte Jungle umbringen können für das, was er getan hatte. Und wenn sich keiner der Jungs dazu bereit fände, würde ich es tatsächlich eigenhändig tun. Nein. Das konnte ich nicht. Nicht mehr. Der Kerl war zu gerissen geworden, zu skrupellos. Er hielt immer ein Rasiermesser im rechten Stiefel bereit und hatte eine abgesägte Schrotflinte unter dem Sitz seines Pick-ups …

»Ich nehme an, du hast weiter nichts eingekauft in Edmonton?«

Ich kniff die Augen zusammen. Zu Geschäften war ich nun wirklich nicht gekommen.

»Übrigens, Lila sucht Jungle. Wo steckt er eigentlich?«

Lila war hier!? »Sie ist in der Stadt?«

»Ja. Zurück von ihrer Schule. Was hat sie eigentlich jetzt? Ihren Röntgenabschluß?«

»Ultraschall. Röntgen hat sie schon. Seit wann ist sie hier?«

»Kam einen Tag, nachdem du nach Edmonton geflogen bist. Ist gleich nach Hay River gefahren, zu ihrem Vater. Ich sag ja immer, Lila braucht einen guten Mann.«

Mir kamen sofort Jungles Huren in den Sinn. »Ist doch klar, bei einem Ehemann wie Jungle.«

»Dazu braucht es immer zwei, Larry. Schließlich leben sie immer noch zusammen.«

Ich schoß einen scharfen Blick auf Clarence. »Ja, wie Geiseln.«

»Riesenmöpse! Sie sind immer noch die größten in der Stadt, würde ich behaupten. Überhaupt, sie ist richtig aufgeziegelt. Neue Frisur. Kommt in jeder Hinsicht gut.«

»Tatsächlich?« sagte ich mit kontrollierter Stimme. Ich mußte vorsichtig sein bei meinen Recherchen. Ich hatte einen Geheimnamen für Lila, insgeheim nannte ich sie den letzten der Schnee-Engel. Sie war eine Cree, und sie war meine erste Liebe in der Stadt gewesen. Sosehr ich Spring vermißte – sie war kein Vergleich zu Lila.

»Wie geht es ihrem Vater?«

»Soonnee«, antwortete Clarence in unserer Dogrib-Sprache, »ich weiß nicht. Aber ich weiß, wie wir unsere erste Million in dieser Stadt machen können, Baby!«

»Und wie?«

»Sportwagen und Trainingshosen in Übergrößen. Früher oder später kommt jede Puppe zu uns.«

Ich mußte an Lila denken, an die Zeit, als wir noch miteinander gingen. Sie war jünger und einfach grandios. Langes schwarzes Haar, scharf gezeichnete rote Lippen. Nie zuvor hatte ich so wunderbare Brüste in meinen Händen gehalten. Das waren nicht einfach Brüste – es waren Geschütze! Es war, als wenn man Muskelfleisch in der Hand hatte. Wenn sie mich ritt, fuhr ich mit meinen Händen ihren Brustkorb aufwärts und hob ihre Brüste an, um zu fühlen, wie sie federten. Sie genoß das Aufsehen, das sie damit erregte, und war stolz auf ihre Raketen, aber noch mehr war es ihre unglaubliche Glut, die mich anmachte. Sie biß, bäumte sich auf, schrie, wenn ich sie nahm. Ich stand auf ihre Hüften und ihre muskulösen Beine. Ihre Brüste fingen mich auf wie Federn, wenn wir fickten und fickten und fickten. Dann kam sie – sie war das einzige Mädchen, das allein durchs Ficken kam, die meisten brauchten noch extra Stimulation, zum Beispiel mit der Zunge. Wenn sie kam, wand sie sich unter mir und war richtig in Rage.

Sie hatte ein paar Jahre im Süden gelebt, hatte ein College nach dem anderen besucht, um mehr für ihren Job am Krankenhaus zu lernen. Sie war erst OP-Schwester, dann Röntgenschwester geworden, wollte aber Leiterin in der Rehabilitation werden. Die ganze Gang war auf ihrer Seite, speziell ich.

Ich sah aus dem Fenster. Es war besser, jetzt nicht an die Rodelpartie vom letzten Weihnachten zu denken.

»Wie sieht es eigentlich mit dem Stadthaushalt aus?« fragte ich Clarence.

»Die Dokumente kommen erst morgen, aber die Minister haben heute schon geredet. Die Bezirksregierung verliert alles. Der öffentliche Dienst muß die Hälfte aller Stellen streichen. Roley hatte schon gestern den rosa Brief im Kasten. Du sollst ihn anrufen.«

Ich schloß die Augen. Fuck. »Sag ihm, er soll mich anrufen. Morgen.«

Das letztemal hatte ich Lila auf dieser Rodelpartie gehabt. Wir und die Jungs hatten uns vorgenommen, die ganze Nacht am alten Erdrutsch vor der Stadt zu rodeln. Jungle hatte seinen neuen Skidoo rausgeholt und spielte das Taxi. Er fuhr die Rodler jedesmal wieder rauf zum Selbstmordhügel, wo wir ein großes Freudenfeuer entfacht hatten. Ich, Lila, Clarence, Uptown und ein paar andere drängten sich auf dem größten Schlitten, den es gab. Wir schossen den Hang runter, immer wieder und immer wieder. Die Sterne flirrten, und das Nordlicht war so stark, daß wir Schatten warfen. Wir rasten brüllend den Hügel abwärts, über den Weg hinter dem Highway und über den Bahndamm. Ich hatte Lila auf mir. Bei einer der Fahrten segelten alle vom Schlitten, einer nach dem anderen. Wir flogen immer weiter und weiter, in den Tiefschnee hinter den Weiden und dann in eine Schlucht. Wir landeten sanft, ich auf Lila. Ihre strahlenden Augen in der Dunkelheit! Ihr weiß bereiftes Haar! Unser beider Atem floß ineinander. Ich küßte sie mitten auf ihren lachenden Mund, und tief im Schnee wand ich meine Arme um sie. Sie küßte mich zurück, und wir trieben es trotz unserer Parkas und hörten dabei nicht auf zu lachen. Ich war ausgestattet mit einer Hose, dem Parka, Skiunterhosen, einem Steifen, Handschuhen und meinem Schal. Meine Kapuze hatte ich weiter oben am Hang verloren, mein Gesicht war tiefgefroren. Die anderen riefen Jungle zu, er solle runterkommen und uns holen. Wir hielten uns immer noch in den Armen, küßten uns und lachten.

»Du fehlst mir«, sagte ich, und das war die Wahrheit. »Du fehlst mir auch«, gab Lila zurück und küßte mich schnell noch, bevor die Skidoo-Scheinwerfer uns erfaßten.

Als Jungle bei uns war, stieg Lila ihm schon entgegen, und ich fummelte schon in aller Unschuld an einem Riß in meinem Parka. Und jetzt war sie wieder zu Hause. Endgültig. Schon zu Weihnachten und im Sommer hatte sie vorbeigeschaut, aber nie war genug Zeit gewesen, daß wir uns sahen. Die meiste Zeit hatte sie am See bei sich zu Hause gecampt oder ihren Vater gepflegt. Einmal, an einem frühen Morgen, holte ich Jungle zu einer Fahrt nach Peace River ab, und da stand Lila in Mokassins und Bademantel auf der Veranda und schrie Jungle an. Jungle stieg in den Truck und knallte die Wagentür zu.

»Entweder ist es Schlagsahne oder Zucker oder irgendein anderer Scheiß ...«, brummte er. »Sie ist gut von weitem, aber zu weit vom Guten. Laß uns bloß abhauen.«

Und wir waren losgeschossen durch den frischen Schnee.

Warum hatten wir uns eigentlich getrennt, Lila und ich? Ich wußte es nicht mehr – nein, gelogen! Ich wußte genau, warum. Sie war dermaßen scharf auf mich gewesen, daß ich anfing, Angst zu haben, und in Panik geriet. Clarence und ich waren gerade voll in den Handel mit Drogen und Alkohol eingestiegen, und ich sagte ihr, daß ich einfach keine Zeit mehr für irgendwas anderes hätte. Dann war dieser Tanzabend im Flughafen gekommen, und sie fing an, mit Jungle zu flirten. Ich wünschte ihnen alles Glück. Oder doch nicht? Nur eins ließ mich nie los: Lila war die erste Frau gewesen, die mich definitiv an sich ranließ! Alle andern, die ich bis auf die Halskette ausgezogen hatte, verlangten Kondome. Nur Lila hatte mich ganz und gar gewollt. Sie war geradezu wild darauf, schon lange habe sie dafür gebetet, es gäbe einfach nichts Vergleichbares, und auch ich erinnere mich an nichts Besseres – außer als wir einmal zusammen im Regen getanzt hatten. Sie war siebzehn, kurz vorm Abschluß der Highschool. Wir waren unterwegs, um irgendwo Alkohol zu aufzutreiben, und als es anfing zu regnen, wollte sie mit mir tanzen. »Two-step im Regen.« So sollte vielleicht mein erstes Album heißen …

Wir kamen am Trailercamp vorbei: Dragon-Boy-Territorium.

»Was ist eigentlich zwischen dir und Jungle vorgefallen?« fragte Clarence.

»Jungle ist ein für allemal gestorben für mich. Ich hätte jemand anders mitnehmen sollen.«

»Ist er abgehauen?«

»Ist er. Du vertraust einem Menschen, und er verschwindet einfach.«

Wann hatte Lila mir meinen Ring zurückgegeben, den Ring, den ich bei einem Inuit-Schnitzer im »Terminal« gegen Hasch eingetauscht hatte? Der Ring stellte einen Wolf dar, der sich um ihren Finger wand. Es war unser Symbol gewesen. Einmal hatten wir einen weißen Wolf überrascht, als wir nachts außerhalb der Stadt unterwegs waren. Das Tier war mit einem Sprung im Wald verschwunden und hatte uns für immer verbunden. Als Lila mir den Ring zurückgab, roch ich daran und lächelte sie an. Der Ring trug ihren Duft. Sie mußte ihn irgendwo in ihrem Körper aufbewahrt haben …

»Jungle, dieses verdammte Arschloch. Ich kann immer noch nicht glauben, daß er mir das angetan hat. Du weißt, ich hab Edmonton immer gehaßt. Wo Gott hingeschissen hat, das ist Edmonton. Aber womit er sich den Arsch gewischt hat, das ist das ›Red Deer‹.«

Clarence sah mich an. »Ich wollte mit dir gehen, Mann, aber ich sollte ja den Laden überwachen …«

Ich hatte Jungle mitgenommen, weil ich eine Gelegenheit suchte, mich mit ihm auszusprechen. Darüber, was uns auseinandergebracht hatte, als Freunde und als Partner. Jungle wollte, daß die Mannschaft endlich auch ins VLT-Geschäft einstieg. Er war davon überzeugt, daß wir großen finanziellen Erfolg haben würden, wenn wir Spielautomaten kauften und sie im ganzen Norden aufstellten. Er hatte schon alle davon überzeugt, nur ich war dagegen, und seitdem gingen wir uns aus dem Weg. Aber anstatt sich mit mir in meinem Hotelzimmer hinzusetzen und Auge in Auge alles aufzuarbeiten, hatte Jungle den Riß nur noch vergrößert.

Edmonton. Das ›Red Deer‹. Jungle hatte ununterbrochen getrunken und dann einen Begleitservice angerufen. Er war so betrunken, daß er in acht Stunden fünf Frauen gerufen hatte. Dabei konnte er ihn praktisch nicht hochkriegen und nicht kommen. Er bezahlte sie dafür, daß sie über seinen Whiskyschwanz lachten. Unglaublich. Nach einer Stunde klopfte es höflich, aber bestimmt an der Tür. Der Zuhälter. Und die Ladys verschwanden auf der Stelle.

Sinoko! Mein Gott, was für ein Hintern. War sie Indianerin oder Italienerin?

»Was ist mit dir«, hatte sie mich gefragt. Sie lehnte sich über mich und führte mir ihre flächendeckenden Brüste vor. »Könnte ich nicht deine Stammbraut sein?«

Nachgedacht hatte ich darüber, aber dann fiel mir Spring ein.

Sie schnurrte: »Du fährst einen Milchtanker, oder?« Und sie drängte sich mit Hand und Knie an mich.

Ich konnte nur milde lächeln. Die Schmerzmittel

hatten die Herrschaft über mich und sonst nichts. Ich schob sie weg, worauf Jungle sie wieder an sich zog.

»Du bezahlst, Schatz«, sagte sie und versuchte erneut, Jungle einen zu blasen. Witzigerweise bestanden diese Süßen auf Kondomen, wenn sie es mit dem Mund machten.

»Yeah, Baby«, stöhnte Jungle, »das machst du richtig«, und schließlich kam er doch noch.

Es machte mir Spaß, den Frauen bei der Arbeit zuzusehen. Prostituierte! Profis! Mein Gott, wie sie sich zu schaffen machten! Lila hatte wahrscheinlich keine Ahnung, daß Jungle auf solche Sachen stand. Sie stand jedenfalls nicht darauf. Aber was war, wenn eine dieser Ladys Aids hatte oder Tripper? Shit. Sollte ich Lila davon erzählen? Wozu? Hoffentlich traf ich sie, bevor Jungle wieder in der Stadt war …

»Sinoko«, murmelte ich vor mich hin.

Clarence lehnte sich zu mir. »Was is?«

»Titel von meinem nächsten Song.«

»Hey, Mann. Und wann gehst du ins Studio und spuckst die neue CD aus?«

»Wann hätte ich dazu Zeit?«

Der Mustang schlitterte um die letzte Kurve vor der Stadt. Heute war Montag. Donnerstag war die Operation gewesen. Ich fühlte mich scheiße. Der Schmerz, dieser stechende Schmerz. Ich hätte mich zu gern abreagiert.

»Warum war Spring nicht am Flugzeug?«

»Hab ich dir doch schon gesagt. Es sollte 'ne Überraschung sein.«

Ich hatte schwer zu kämpfen. Ich konnte förmlich

fühlen, wie die Nähte in meinem Zahnfleisch die vier klaffenden Löcher zusammenzogen, in denen vorher die Weisheitszähne gesteckt und mein restliches Gebiß eingeengt hatten. Aber vor allem wollte ich wissen, was in den vier Tagen passiert war.

»Sind die Abschleppwagen unterwegs?«

»Jeden Tag, seit du weg bist.«

»Sehr gut.«

Das war ein guter Verdienst für alle, die beteiligt waren.

Mein Großvater hatte einmal erwähnt, daß die einzigen zwei Abschleppwagen in der Stadt von einem Mann namens Clive betrieben wurden, der für zwei gefahrene Kilometer drei Dollar nahm. Schon am nächsten Tag hatten Clarence und ich alle Hebel in Bewegung gesetzt und einen nagelneuen Wagen besorgt. Wir nahmen nur zwei fünfzig pro Kilometer, und Indianern erließen wir die Mehrwertsteuer. (Im Hay-River-Reservat hatte sogar ein Laden aufgemacht, der überhaupt kein Geld von Vertragsindianern nahm.) Im Januar hatten wir die Kosten wieder rein, und Clive war chancenlos. Wir verlangten nicht nur zwei fünfzig, wir hatten uns auch einen Bonusplan einfallen lassen. Jedem, der zum zweitenmal zu uns kam, nahmen wir nur noch zwei Dollar ab, hin und zurück. Anders als Clive belohnten wir unsere Kunden, und die Kunden revanchierten sich durch Treue …

»Ein Eisnebel letzte Nacht, Larry. Du konntest nicht über die Straße sehen.« Clarence starrte angestrengt in die Straßenbeleuchtung. »Gut fürs Geschäft – aber du hast was verpaßt.«

»Was war los?«

»Jemand hat Rocko angegriffen.«

»Rocko? Wer?«

»Rocko hat einen von den Gooks erwischt, wie er an der Tankstelle Baguettes klaute. Er sagte ihm, daß er sie zurückstellen sollte, und da fielen sie über ihn her.«

»Jemand ist über Rocko hergefallen?«

»Ein beschissener Gook.«

»Fuck.« Die Dragon Boys. »Wußten sie nicht, daß Rocko zu uns gehört?«

»Das war ihnen scheißegal. Aber das kriegen sie zurück, Larry.«

»Clarence«, sagte ich, »denen können wir nichts anhaben. Das läuft nicht.«

»Na ja«, sagte Clarence, »normalerweise wärs kein Problem für Rocko gewesen. Aber der Gook hatte noch zwei Kumpels draußen warten, und zu dritt haben sie ihm die Scheiße aus dem Leib geprügelt. Haben ihm die Finger ausgerenkt und ihn k. o. geschlagen. Offenbar hatte er eine Gehirnerschütterung. Als sie eine Flasche über ihm auskippten, kam glücklicherweise Ned mit seiner Schrotflinte und hat sie verscheucht. Laß es dir von ihm erzählen.«

»Und wer von ihnen war es?«

»Irgendein Gook.«

»Lau?«

»Ich kann die nicht unterscheiden. Frag Rocko.«

»Trotzdem, gegen Vietnamesen kannst du nicht gewinnen.«

»Und ob wir das können. Ich hab einen Plan.«

Ich sah ihn an. Clarence hatte einen Plan? Clarence?

»Rocko ist auf der Party«, sagte Clarence. »Er wird dir alles erzählen. Er hat sich den Schnurrbart abrasiert, sieht jetzt aus wie 'ne Eule. Sollen wir ihn eine Zeitlang schonen?«

»Meinst du, wir sollten ihn ganz aussetzen lassen?«

»Ganz wohl nicht. Er ist recht gut drauf.«

»Scheiße. Hat er Dienst die Nacht?«

»Positiv.«

Rocko war ein guter Junge, anfang Zwanzig, aus Yellowknife. Stark. Ein aufgehender Stern. Kandidat für die Winterspiele. Er war ein guter Diskuswerfer, und er schoß besser als jeder andere. Er trainierte hart, war muskulös. Er spielte Eishockey, Fußball, Baseball, Basketball. Er war clever, aber er war kein Gegner für die Dragons. Rocko installierte SAT-Schüsseln für uns und fuhr Rauchwaren aus. Er hatte noch einen Cousin, der im Mohawk-Territorium lebte und gute Verbindungen zu einem Mohawk-Dealer hatte. Rocko besaß eine Sichtfluglizenz und machte reguläre Flüge nach Fort Simmer. Seine Maschine war in der Regel vollgestopft mit Rauchwaren. Wir konnten die Sachen sieben Cent billiger verkaufen, als dafür in der Stadt verlangt wurde. Es war unser lukrativstes Geschäft, vom Alkohol abgesehen, ein Geschäft, das unglaublich angewachsen war, seit die Arbeitslosigkeit so um sich gegriffen hatte …

»Rocko hat noch Glück gehabt, daß die Viets ihre Macheten nicht zur Hand genommen haben, wie bei dem Mann in Yellowknife«, fügte Clarence hinzu. »Die sind einfach überall. Wer hat sie bloß alle ins Land gelassen? Hast du diese blonde Stewardeß vorhin auf dem Flugplatz gesehen?«

»Hör mit deinen Fragen auf.« Plötzlich wollte ich nur noch schlafen. Ich nahm noch eine Toradol und schluckte sie trocken runter. Sie brannte in der Kehle.

»Ich wundere mich bloß, daß du gar nicht mehr an VLTs denkst!«

»Gib jetzt Ruhe, tu mir den Gefallen.«

Clarence sollte demnächst für die Sicherheit und den Einlaß auf dem Flugplatz zuständig sein. Dann konnten wir alles durch die Kontrolle bringen, was per Flugzeug nach Süden ging! Schnitzereien, SIMMs, sogar Polarbärenfelle erster Güte konnten wird dann ohne Probleme an Touristen verkaufen. Im Gegenzug würden gute Kontakte zum internationalen Flughafen in Edmonton herausspringen, so daß wir alles bekommen würden, wonach uns der Sinn stand. Es würde im wahrsten Sinne des Wortes Freihandel herrschen, und jeder der Beteiligten würde davon profitieren. Es würde nicht lange dauern, und wir würden dreißig, vierzig Leute beschäftigen – in einer Stadt von dreitausend Einwohnern: Buchhalter, Trucker, Taxifahrer, Dealer, DJs, Bardamen, Rechtsanwälte, Computerspezialisten, Schnitzer, Sicherheitsleute, Müllverwerter und ein paar Troubleshooter. Clarence war noch grün hinter den Ohren und verdiente bereits fünfundvierzig Riesen im Jahr – und dachte trotzdem an Spielautomaten!

»Jedenfalls, eine Klasseparty wartet auf dich«, sagte er und drehte die Heizung runter.

Ich erinnerte mich noch an die letzte Party, die er und ich gegeben hatten. Unsere zahllosen Disks waren aus den Behältern geflogen und lagen auf der Erde verstreut; die Masse zertanzte sie wie Glas. Clarence hatte bloß gelacht, er war wohl froh, ein paar davon loszuwerden. »Nachschub ist kein Problem«, sagte er lachend.

Vorsichtig fuhr ich mit der Zunge über die Nähte und meine Backenzähne. Es fühlte sich an, als hätte der Arzt reißfeste Sehnen benutzt, um das Zahnfleisch zusammenzuflicken. Ich brauchte noch mehr Toradol und Ginger Ale. Doktor Ock hatte mir verboten, mich gleich nach der Operation ins Flugzeug zu setzen, aber ich wollte nach Hause. Ich konnte das Krankenhaus nicht ausstehen: zu viele Krüppel, zuviel Geschrei, zuviel Einsamkeit. Eine Frau hatte geschlagene drei Stunden geschrien: »Helft mir doch, bitte, helft mir doch.« Es war mitleiderregend. Es war nicht mehr auszuhalten.

Kurz vor dem Stadtzentrum fuhr Clarence rechts ran. »Ich muß noch was besorgen«, sagte er. Es klang mehr nach einem Entschluß als nach einer Erklärung. Er sah genau, in welcher Notlage ich war.

»Was ist los mit dir?«

»Unsere Getränke sind knapp. Übrigens, du sollst Chicklets besuchen.«

Ich zuckte zusammen und umklammerte meine Knie, so fest ich konnte. Mir war zum Heulen, aber ich wollte die verdammten Nähte nicht reizen. Rausrennen und das Gesicht in den Schnee pressen, das wollte ich jetzt.

»Fahr weiter, ich ruf ihn später an.«

Clarence bog in die Straße hinter der Bar.

»Bring mir ein Ginger mit!«

»Mach ich. Sag uns, was Sache ist, Garth.«

Garth Brooks lud im Radio zum Tanz, während Clarence ausstieg.

Ich preßte mein Gesicht vorsichtig gegen die kalte Seitenscheibe. Der Schmerz ließ nach, und so wartete ich auf Clarences Rückkehr.

»Hey, hast du schon die neue Smashing Pumkins?« fragte er, als er wieder einstieg.

Ich verneinte und legte mich zurück.

»Aber ich.«

»Wieso du?«

»Ich hab auch Beziehungen.«

Clarence schmiß die »Best of country« aus dem Player, holte die neue Doppel-CD raus und legte die erste der beiden Scheiben ein.

»Es ist der vierte Song!« Clarence drückte auf Play und gab mir gleichzeitig ein neues Magazin. »Is 'ne Story drin von jemand aus der Stadt.« Er schlug die Tür zu und ging zurück in die Bar.

Ich war kurz vorm Heulen, so ungeheuer groß war der Schmerz. Außerdem hatte Clarence die neue Scheibe, und meine Weihnachtsüberraschung für Spring war damit geplatzt. Wo hatte er die CD nur aufgetrieben? Eigentlich sollte sie bei uns erst in zwei Wochen rauskommen ... Aus dem Krater rechts hinten schossen Flammen; ich machte die Tür auf und spuckte vorsichtig aus. Es schmeckte nach Blut, und es sah aus wie Blut. Dickes und zähes Blut, wie Auswurf bei Tb. Mir war zum Kotzen, und ich hatte keine Kraft mehr. Ich hatte Angst, alles auszukotzen, was ich im Magen hatte; gleichzeitig war ich hungrig. Der Atem blieb mir weg, und ich verlor die Kontrolle über meinen Körper – wie in der vorangegangenen Nacht, als ich, schnatternd vor Schmerz, allein in meinem Hotelzimmer gesessen hatte und mir der Magen auf die Wirbelsäule drückte und mir schon fast die Eingeweide zum Hals raushingen. Ich blickte durch das Sonnendach nach oben und sah die Schneeflocken auf dem Glas glitzern. Sah es so unterm Eis aus?

Zwischen Handbremse und Clarences Sitz tastete ich nach dem Magazin. Es hieß »Cock Pit«. Ich setzte mich auf und blätterte die Hochglanzphotos und Porträts durch. Bei »Leserphotos« hielt ich inne: Bilder wie aus dem Fleischfach; normale Frauen spreizten lachend ihre Beine. Ihre Pussys sahen aus wie Wunden von Kriegsbeilen, aber nicht wie glitzernde Schlünde heißer Lust. Ich schleuderte das Zeug hinter mich.

Spring! Clarence und ich waren im Keller kiffen, als sie anrief. Sie fragte nach Jenny. Ich wußte sofort, daß das ein Vorwand war. Ich kannte sie aus dem Coffeeshop und hatte nicht vergessen, wie sexy sie war. Und von Clarence wußte ich um ihren Ruf ...

»Jenny ist nicht hier, aber wir sind hier. Lust auf 'ne kleine Party?« sagte ich.

»Kann ich 'ne Freundin mitbringen?«

»Sicher.«

Zehn Minuten später waren sie da. Taxi. Spring sah glänzend aus. Haar hochgebunden, Make-up perfekt, Brüste und Lippen voll, Hintern grandios. Ich kannte ihre Leute. Spring war eine Metis. Die Metis vererbten nur die besten Gene der Cree und der Weißen. Sie trug

Kniestrümpfe und Highheels, verrückt bei diesem Schnee, aber ziemlich aufreizend. Sie hätte gut und gerne modeln können. In welcher Klasse mochte sie sein? Hatte sie mehr die zarte Haut der Cree-Frauen oder die weichen Daunen einer Weißen?

In ihrem Schlepptau hatte sie Dolly. Big Dolly mit der furchtbar sprießenden Akne. Am liebsten hätte ich Dolly draußen auf der Veranda gelassen, aber vielleicht hatte Clarence ja Lust auf ein bißchen Action. Ich ließ die beiden ins Haus, und wie es so geht – irgendwann waren wir voll im Stoff. Unaufhörlich kichernd, schrieben die zwei sich Briefchen, und Clarence und ich saßen auf der Couch und ließen Bier in uns reinlaufen. Ich sah sehr wohl, daß Clarence seine Augen dauernd bei Spring hatte. Gefiel mir überhaupt nicht. Schließlich stellte ich mich direkt vor Spring auf.

»Was kritzelt ihr da immerzu?«

Spring kicherte, warf die Zettel ins Spülbecken und ließ Wasser darüber laufen.

Ich griff mir den Stift und schrieb meinerseits eine Nachricht an sie. Sie sah mir zu, während ich notierte: »Laß uns in mein Zimmer gehen.«

Sie las die Botschaft und schrieb zurück: »Und was wollen wir da machen?«

Dolly saß neben Clarence. Fuck it, dachte ich, und antwortete ihr: »Ich will dich flachlegen.«

»Nein«, erwiderte sie. »Aber meine Titten darfst du mal anfassen.«

Auch gut. Ich nahm ihre Hand, zog sie in die Diele, zog sie in mein Zimmer, und unter meinem Schwarzlicht zog sie ihr Top aus und gab den Blick auf ihre unglaublich vollen Brüste frei. Sie füllten ihren blauen BH ganz aus. Sie warf ihre Haare zur Seite, hakte das blaue Teil hinter ihrem Rücken auf, ging auf mich zu, und ich knöpfte mein Hemd auf. Ihre heißen Halbkugeln trafen auf meine Brust, hart und weich zugleich. Erste Klasse, unfehlbar. So lehnten wir aneinander und fingen an, uns heiß zu küssen. Clarence und Dolly spielten nebenan Dame.

Spring und ich machten ein ganzes Weilchen rum, bevor sie mir erklärte: »Um elf muß ich zu Hause sein.« Ich jagte sie durchs Zimmer, so geil war ich auf sie.

Als die beiden weg waren, hatte ich eine so schmerzhafte Erektion, daß mir nichts weiter übrigblieb, als mir die Socken auszuziehen und mich draußen in den Schnee zu stellen.

Clarence rief von der Veranda: »Gefrorene Eier versagen beim nächsten Mal. Ich hab einen neuen Refrain für einen deiner Songs: Rache ist Blutwurst.«

Auf einmal hatte ich Höllenangst. Mit gekrümmtem Oberkörper humpelte ich ins Haus zurück. Clarence sah aus wie ein trauriger Clown. Seine Lippen waren von Dollys Lippenstift verschmiert.

»Warum kriege ich immer die Häßlichen?«

»Wie war sie denn so?« wollte ich wissen.

Clarence maulte: »Keine Streusel, nur viel Kuchen.«

Ich konnte nicht aufhören zu lachen.

»In welcher Klasse könnte Spring sein?«

»Na in der zehnten!«

»Fuck, no!«

In manchen Staaten hätte ich mich der Vergewaltigung schuldig gemacht. Wie konnte man solche Titten haben und erst in der zehnten sein? Durfte es so was geben?

»Tollen Fang gemacht, Larry. Ein Mädchen mit ihrem Körper sollte den besseren Teil ihres Lebens nicht nur zum Spaß vögeln.«

»Clarence?«

»Ja, Larry.«

»Halt die Klappe!«

»Okay, Larry. Bleib ruhig.«

Natürlich traf ich mich immer wieder mit Spring, etwa zum Lunch. Sie kam, wenn sie Zeit hatte. Ich betatschte sie, riß Witze. Sie legte ihre Lieblingsmusik auf, und wir alberten rum – aber immer in Sachen. Ein einziges Mal hatte sie – weil ich so sehr darum gebettelt hatte – meinen Schwanz in sich gelassen, aber sie war viel zu trocken und auch zu eng gewesen. Sie war einfach noch zu jung und stand noch nicht voll im Liebessaft.

Sie war Eiskunstläuferin, und ihre Schenkel waren entsprechend kräftig. Ihr Pelz war zu einem perfekten Dreieck getrimmt, und ich hatte begriffen, daß ich Sex von ihr nicht haben konnte, nur das Vorspiel, nur Entertainment.

Leider war nicht viel los mit den gleichaltrigen Frauen der Stadt. Ihre Körper waren die von Teddybären. Entsetzlich, was zu viele Schwangerschaften und Abtreibungen den Körpern von Frauen antun konnten. Anderen fehlten die Zähne, oder sie waren amateurhaft tätowiert, oder sie tranken, oder sie hatten Tripper oder Kinder oder beides.

Ich hatte mir vorgestellt, wie ich nach meiner Operation auf dem Flugplatz ankäme und wie Spring mich erwartete mit ihrem sinnlichen Lächeln und in feinen Weihnachtsklamotten. Doch wo war sie nun? Und was mochte Snowbird diese Nacht tun, in seiner Hütte hinter dem Fluß. Schon vor Weihnachten sollte ich für ihn auf Elchjagd gehen, aber das würde jetzt nicht funktionieren mit meinen Wunden im Mund und schon gar nicht mit dieser Plastikspritze vom Doktor, mit der ich die Krater nach jeder Mahlzeit ausspritzen sollte. Wir hätten Schnee über dem Feuer geschmolzen für Tee. Aber was solls. Ich haßte diese Art sinnloser Gedanken. Vielleicht kamen die vom Toradol …

Als ich in der ersten Nacht nach der Operation aufgewacht war, meinte ich, Tausende von Ratten auf dem Krankenhausdach zu hören. Tausende rosa Krallen und ebenso viele braune fette Schwänze … Alles Halluzinationen! Alles wegen der Schmerzmittel, oder?

Der Motor des Mustang brummte im Leerlauf. Jetzt wieder einen eigenen Führerschein haben! Fünfhundert Dollar hatte ich zahlen müssen, die Versicherungsrate war um hundert Prozent erhöht worden, und ich war für vier Monate die Papiere los. Als der Bulle mir den Alkoholtester hinhielt, schlug mir der neue Revierchef hart auf die Schulter: »*Wer* ist jetzt der größte Arschkriecher der Stadt?«

Ich schwieg wohlweislich. Der Grund, warum ich unter Alkohol gestanden hatte, war Lila. Ich hatte etwa um drei Uhr nachmittags angefangen, die Seelenschmerzen zu betäuben, die mir plötzlich wegen ihr gekommen waren. Ich hatte angefangen, alles zu rekapitulieren, was geschehen war, und da übermannte es mich. Erst Bier, und dann schweres Tequilageschütz.

»Es war nur eine Frage der Zeit, daß wir dich fassen würden, Arschloch.«

Die Ausnüchterungszelle. Diese Schweinebacken mit ihren Handschellen. Sie schoben einen Schlauch unter der Tür durch und setzten mich unter Eiswasser, brüllend vor Lachen. Gleich ist Weihnachten …

Wo blieb Clarence?

Snowbird vor seiner Hütte … er stellt Fallen und beobachtet den Nachthimmel …

Eines Nachts waren Clarence und ich, nein, Jungle und ich bei Snowbird zu Besuch. Wir fragten ihn um Rat wegen der Gooks. Was selten vorkam: Jungle war sehr still gewesen und hatte den Berichten des Alten gelauscht, über die alten Fehden zwischen Dogribs und Chipeways oder Crees, Beavers und Inuits. Mein blinder Großvater hatte lange zum Nordlicht hochgesehen, diesem stillen Feuerwerk aus Grün, Rot, Blau und Gelb. Sehr lange. Dann hatte er uns mit der Gegenfrage überrascht:

»Wohin sollen sie gehen, Sohn? Wer nimmt sie denn auf?«

Es war natürlich der Drogenhandel, der die Vietnamesen nach Simmer gebracht hatte, aber geblieben waren sie wegen der Diamantengruben. Das Geld, das durch die Minen in die Gemeinden floß, machte den Norden zu einem gefragten Gebiet …

Ich sah in den Rückspiegel. Ich war im Besitz der neuen Scheibe von den Smashing Pumkins gewesen, hatte aber nur ein Exemplar ergattert, und das war für

Spring. Ich hatte es für sie verpacken wollen, bevor wir ins Flugzeug stiegen, aber Jungle war mit dem Einwickelpapier nicht zurückgekommen und auch nicht mit meiner Bankkarte. Und jetzt hatte Clarence die CD! Warum?

Wenn Jungle wieder in der Stadt war, würde ich ihm den siechen Rocko schicken. Der würde ihn festsetzen – oder doch nicht? Konnte sich noch irgend jemand in der Stadt an Jungle vergreifen?

Jungle war der Eintreiber unserer Crew. Wir brauchten ihn nicht, um wirklichen Schaden anzurichten. Seine Methode bestand im Einschüchtern. Ein Hausbesuch von Jungle, und schon zahlte jeder seine Rechnungen. Ich hatte längst bemerkt, wie die Jungs auf den Arbeitsbesprechungen, wenn sie alle ihre Verdienste oder Verluste angaben, nicht mehr mich ansahen, sondern Jungle.

Warum? War meine Zeit vorbei?

Und die Dragon Boys, von denen wir ständig gejagt wurden? Sie waren vor zwei Sommern gekommen. Zuerst nur ein Späher. Er hatte eine Menge Geld für Drogen und Alkohol ausgegeben. Dann waren die nächsten vier eingetroffen. So hatten sie die Branche langsam infiltriert, und bald waren auch ihre Frauen und Kinder da. Sie fingen an mit Hasch, dann kam Kokain, und jetzt, sagte Jungle, fanden sich bereits Spritzen auf den Kinderspielplätzen von Little Vietnam. Es gab Anmacher in der Stadt und *crack heads* wie in Yellowknife. Wer sonst sollte den Kindern die Nadeln in den Arm gestochen haben? Und was war mit Aids? Es gab schon die ersten Gerüchte.

Mir fiel Clarences lederumwickeltes Lenkrad ins Auge, das mich an Pinky erinnerte, der Stammkunde bei uns war und Mechaniker in Clives Autowerkstatt. Er hatte Jungle Dinge erzählt, die alles in ein anderes Licht gesetzt hatten. Eines Tages sollte Pinky eine CD-Anlage in das Auto eines Dragon Boy einbauen; ich hatte alle Mechaniker beauftragt, jeden Gook-Wagen, der in die Werkstatt kam, zu durchsuchen. Und Pinky hatte Dinge gefunden, die es zuvor in Smith nie gegeben hatte: eine Neunmillimeter-Automatik, versteckt in der Mulde des Lenkrads, wo normalerweise der Airbag sitzt. Eine Neunmillimeter-Automatik! Unsere schwerste Artillerie bestand allenfalls in einer Eisenstange. Die Information traf einen Tag vor dem Meeting ein, das ich einberufen hatte. Ich wollte aussteigen. Hätte ich nie so sagen können, aber ich fühlte es.

Eine Neunmillimeter-Automatik! Das war zuviel. Ich hatte Angst. Der erste Tote war in Sicht.

Die Vietnamesen hatten einen Geist in die Stadt gebracht, den jeder spüren konnte – Kriegsgeist. In Yellowknife hatten sie alle Gegner ausgeschaltet, und jetzt nahmen sie sich die Schwesterstädte vor. Sie hatten die Hölle des Südens in die Stadt gebracht …

Die Wagentür ging auf. Clarence war zurück. Frische Luft drang ein. So hätte es bleiben können.

»Hey, Kumpel. Warum stierst du so vor dich hin?«

Clarence hievte zwei Kisten Bier ins Auto und reichte mir eine große Büchse Ginger. Ich riß sie sofort auf und nahm einen langen, süßen Zug. Die Flüssigkeit brannte meine Kehle runter und hinterließ einen Geschmack von Blut. Trotzdem tat das gut, sehr gut.

Aber warum war da überall Springs Parfum? Es war »Heaven« von Gap. Shit! Ich konnte mir gut vorstellen, wie Clarence mit ihr durch die Stadt gegondelt war, wie er sie mit auf Buschpartys genommen hatte, wie sie zur Erdrutschstelle rausgefahren waren. Und ich war doch nur vier Tage weg gewesen!

»Spring ist also auf der Party?«

»Ja, wie gesagt.«

»Dann los.«

»Alright. Übrigens, Chicklets meint, wir können unsere nächste Lieferung noch heute nacht übernehmen, um zehn.«

»Dienstag ist Lieferung.«

»Er sagt heute. Außerdem läßt er Grüße ausrichten. Red mit ihm darüber, wenn es dir wieder bessergeht.«

Chicklets. Guter Freund. Schwer verwundeter Freund. Wir parkten aus und nahmen die Vierspurige. Vor einem Jahr hatte Chicklets noch nicht Chicklets geheißen. Er hatte eine Alkohol-Lizenz, und ihm gehörte das »Terminal«. Er fungierte als unser Zulieferer, und nach Ladenschluß verkaufte er an die Jungs, exklusiv. Und er haßte die Vietnamesen wie kein zweiter. Kamen welche zu ihm, um Alkohol zu kaufen, griff er nach seinem Baseballschläger. Eines Tages fielen sie über ihn her, zogen ihn aus seinem Laden und zermatschten ihn.

Ich mochte mir das nicht vorstellen. Die Bordsteinkante wie eine Kandare im Gebiß, während dir einer auf deinem Nacken herumtanzt! Chicklets mußte um Hilfe geschrien haben wie ein Stier. Sie hatten ihm den Kiefer gebrochen und alle seine Vorderzähne eingetreten. Sie hatten ihn bewußtlos geschlagen. Die Jungs kriegten es mit, als ein Taxi mit Polizeifunk vorbeifuhr. Zwei Minuten später waren sie losgerast, quer über das Kartoffelfeld, hatten die Gooks zu finden versucht und nur gehofft, daß Chicklets nicht schon in seinem eigenen Blut erstickt war.

Er hatte auf dem Rücken gelegen, als sie ihn fanden. War völlig gebrochen. Er war bei Bewußtsein und wollte nur noch den Tod. Splitter seiner Zähne saßen in seinem Kinn. Mit seinen Händen, die ihm nicht geholfen hatten, hielt er sich den Kopf. Er weinte. Ein erwachsener Mann, dem die Tränen runterliefen, und überall war Blut. Blut an seinen Stiefeln, Blut am Hemd, Blut im Wagen, Blut im Krankenhausflur. Überall Blut.

Doc Ock in Edmonton hatte es sehr gut gemeint mit Chicklets' Vorderzähnen, zu gut. Die *Chicklets*, die er ihm baute, waren von einem unwirklichen Weiß, viel zu weiß für sein dunkles Indianergesicht. Sie waren auch zu gerade, überhaupt zu perfekt. Und als wir ihn zum erstenmal wieder lächeln sahen, stand sein Spitzname fest: Chicklets. Zuerst hatten wir alle gelacht, aber dann sahen wir ihn wieder vor uns, wie er im Wagen geschrien und wie er sich sein schmales blutendes Gesicht mit seinen eleganten braunen Fingern gehalten hatte …

»Sieh dir diese Weihnachtsbeleuchtung an!« sagte Clarence.

Tatsächlich. Die große schwarze Kirche, der Drugstore, alles funkelte.

»Und wo bleibt der Baum?«

»Kein Baum dieses Jahr. Der Stadtrat sagt, die

Lichter würden den Baum umschmeißen. Zu schwer, schätze ich.«

Seit jeher hatte inmitten der Stadt eine riesige Fichte mit Tausenden von Lämpchen gestanden, und immer hatte es einen Wettbewerb gegeben, bei dem man schätzen mußte, wie viele Lichter es waren.

Wir fuhren weiter, Richtung neues Krankenhaus, gleich daneben war die Brache, wo das alte Krankenhaus gestanden hatte, bevor es vor einem Jahr abgebrannt war. Als die Feuerwehr die Trümmer durchsucht hatte, fand sie einen verkohlten Körper. Wessen Körper? Die Polizei hatte geschwiegen, und auch sonst hatte niemand Interesse gezeigt …

Clarence blinkte rechts.

»Fahren wir zu dir?«

»Nein. Zu dir.«

»Zu mir?«

»Du wolltest doch zur Party, und wir fahren zur Party.«

»Shit«, sagte ich, »wer hat dir gesagt, daß ihr bei mir feiern könnt?«

»Spring. Ihre Überraschung für dich.«

Ich war stinksauer. Sicher, Clarence wußte, wo der zweite Schlüssel war, aber wer würde jetzt alles in dem Haus rumlaufen? Die ganze Stadt? In dieser Jahreszeit waren alle scharf auf einen trockenen warmen Platz, wo sie saufen und quatschen konnten. Und wenn ich was nicht ausstehen konnte, dann die Kontrolle über das Haus zu verlieren. Das hatte Snowbird nicht verdient. Löcher in den Tapeten von ausgedrückten Kippen …

Bei der letzten Party hatte sogar jemand die Bullen gerufen.

»Es ist nur eine Frage der Zeit, bis wir euch kriegen«, hatte der Officer gezischt.

»Shit!« sagte ich.

»Take it easy, Mann!«

»Der Doc hat gesagt, ich darf keinen Rauch inhalieren. Könnte zur Infektion führen.«

»Wir schmeißen sie zum Rauchen raus auf die Veranda.«

Wir drifteten um die Ecke. Trucks standen Stoßstange an Stoßstange bis zum Ende der Straße, und die Jungs hatten eine magere Fichte mitten auf die Fahrbahn gestellt. Rote und gelbe Lichter funkelten darauf. Sah gut aus. Nach der Schneemenge auf den Wagendächern zu urteilen, mußten die Autos schon eine Weile da stehen. Ich versuchte mich zu entspannen.

Unter den Autos befand sich, warum auch immer, ein Fahrzeug aus Alberta ...

»Wem gehört denn der?« fragte ich.

Clarence griff hinter mich.

»Krieg ich raus. Komm. Ich bring dann deine Taschen. Willkommen zu Hause.«

Ich versuchte ein Lächeln im Rückspiegel. Nur meine oberen vier Zähne waren zu erkennen, und meine Wangen waren die reinsten Eichörnchenbacken. Ich drückte meine Zunge durch die geschwollenen Lippen ins Freie. Sie hatte einen braunen Pelz. Soviel ich auch rieb, er ging nicht weg. Ich warf noch mehr Toradols ein und nahm noch einen Schluck Ginger. Wie Bonbons schluckte ich die gelben Pillen – seit Tagen! Wie lange konnte das gutgehen? Kinn und Haare fühlten sich schmierig an, obwohl ich geduscht hatte, bevor ich zum Flugplatz gefahren war. Meine Augen waren immer scharf gewesen, wach wie Wolfsaugen. Ich hatte mir selbst immer gefallen und galt bei den Frauen als heißer Typ. Jetzt war mein Augenweiß gelb. Spring nannte mich Baby, aber mein Auto war stillgelegt, ich hatte durch die dauernde Lauferei abgenommen und konnte zu keinem Treff mehr pünktlich sein. Klar, daß ich als Liebhaber nicht mehr angesagt war.

Ich konnte die Musik hören. Ohne diese Scheißschmerzen würde ich jetzt einen Nachtspaziergang machen. Die Stadt sah immer anders aus, wenn man sie nachts betrachtete. Bei einem meiner Spaziergänge hatte ich festgestellt, wie viele Leute diese Salatschüsseln am Haus hatten, mit denen man dreihundert Programme einfangen konnte. Ich kannte meine Stadt, hatte ein paar Anrufe nach Süden gemacht, und jetzt vertrieben wir selbst SAT-Schüsseln so billig wie kein anderer hier. Natürlich steuerfrei für Rothäute. Diese schwarzen Schalen sehen aus wie Hände, hochgereckt vor lauter Verzweiflung.

Fort Smith ging zugrunde, aber die Leute hatten allemal Geld übrig für Glücksspiele, Zigaretten, Alkohol, Drogen und für jede Art von Entertainment! – Kein Wunder, daß Snowbird der Meinung war, in dieser Stadt sei für ihn nichts mehr zu holen. »Die Stadt stirbt, sie geht den Bach runter, Sohn!«

Die Stadt war wie eine Feder, die montags anfing, sich selbst zu spannen. Die Woche über zog die Spannung an und wuchs und wuchs. Jeder konnte sie spüren. Und jeden Freitag um fünf ließ sie mit einem Ruck nach. Die Leute rasten nach Hause, duschten, rasierten sich, rannten in die Läden, und dann spielten sich zwei Tage lang die phänomenalsten Dramen ab, voll von Suff, Tanz, Qualm, Hasch, Prügeleien und Sex.

Clarence grinste vor sich hin, als er den Wagen ausmachte. »Bei uns werden Träume auf eine komische Art wahr. Oder?«

»Da könntest du recht haben«, sagte ich.

Ein unangenehmes Schweigen breitete sich zwischen uns aus.

Plötzlich flötete Clarence: »Wie gefällt dir eigentlich mein Wagen? Ich bin geradezu in ihn verknallt.«

Ich betrachtete das protzige Armaturenbrett. Dann schüttelte ich den Kopf. Sein alter hatte mir besser gefallen.

Ich stieg aus. Mein ganzer Vorgarten war von Hundespuren übersät, Gott sei Dank waren sie nicht an die Mülltonne gegangen. Das Verandalicht brannte, und Musik, Stimmen und Gelächter drangen nach draußen, gefiltert durch die starken Balken des herrlichen Blockhauses. Mehr als zwanzig Leute konnten nicht im Haus sein. Wenn ich etwas liebte, dann dieses Haus. Darüber stand der Mond, und ich konnte das Holz aus dem Kamin riechen. Fichte.

Gute Nacht zum Holzschlagen, dachte ich.

Clarence sagte: »Es heißt ja, wenn was passiert, dann passiert es bei Vollmond.«

Ich schielte nach oben. Es war Vollmond.

»Mondsüchtig«, sagte Clarence. »Hörst du die Hunde heulen?«

Die Schlittenhunde der Stadt heulten im Chor, und die Haus- und Hofhunde östlich vom Wasserturm antworteten ihnen. Und ein paar Promenadenmischungen in Little Vietnam stimmten ein langgezogenes, allumfassendes Geheul an.

Im Innern des Hauses wummerte der immergleiche Beat. Welcher Titel war das? Es war »Rough Boy« von ZZ Top. Dem Pfad der alten Shitkickerspuren folgend, ging ich die sechs Stufen zum Haus hoch. Die kalte Winterluft war erfrischend. Ich fühlte mich jetzt besser.

Als ich eintrat, war die Party in vollem Gang, und ich hielt mich, so gerade ich konnte, und versuchte, so viel Luft von draußen wie möglich in meinen Lungen zu halten, kalte Luft. Haufenweise Parkas lagen auf dem Boden, auch in der Toilette. Vor mir stand Big-Akne-Dolly mit einem Bierglas. Sie lächelte mich an.

Ich befand mich zwischen der Wolke kalten Nebels von draußen und dem Nikotindunst von drinnen. Mein Magen revoltierte. Ich sah den Dunst, den Eisdunst, wie er über den Teppich floß, auf dem sie alle saßen, und wie er meine Füße einhüllte.

»Hey, Larry!«

Dolly drückte mich. Alles drehte sich vor meinen Augen, ich hatte keine Kraft mehr. Sie zog mir die Jacke aus und warf sie zu den anderen schwarzen Lederjacken auf den Kleiderständer aus Karibugehörn.

Alle winkten mir zu. Dan, Rocko, Hi-Ball, Black Fonzy, Shari. Nur wenige gehörten zum harten Kern, aber egal. Da war Christa, die immer im Stoff war. Ihre Klitoris war gepierct, damit sie überhaupt kam. Alvin war da, mit seinem Tripper. Wahrscheinlich war er wieder auf der Suche nach einer, der es genauso ging. Back Attack, stockbesoffen, hielt den anderen Vorträge. Nüchtern war er der beste Kumpel, den man haben konnte. Eine lendenlahme Truppe, alles in allem, nicht schlecht zum Geschäftemachen, aber sonst? Rothäutiger Abfall.

Größere Schäden im Haus waren nicht zu sehen. Sie hatten sogar ihre Schuhe und Shitkicker ausgezogen. Doch da war dieser Qualm und Gestank.

Ich schleuderte meine schwarzen Stiefel von den Füßen zu den anderen Schuhen, Fellstiefeln und Shitkickern, die überall auf der Veranda verstreut waren. Es gab Stiefel aus Haifisch-, Straußen-, Büffel-, Eidechsen-, Hirsch- und Pythonhaut, es gab *tip wings*, Seitenschließer und mehrere *high tops* von Nike.

»Hallo, Larry.«

Spring stand oben auf der Treppe, in jeder Faust eine Büchse Bier. Sie lächelte mich an. Als sie mein geschwollenes Gesicht sah, riß sie die Augen auf. Sie kam runter und nahm mich in die Arme.

»Willkommen zu Hause, Chippendale!« Küßchen, und das war schon alles. »Armer Kerl, ich will dir lieber nicht weh tun.« Sie strich mir die Haare zur Seite.

Plop! Clarence hinter mir ließ die zwei Air-Canada-Taschen fallen.

Haschdunst zog mir in die Nase. Ich registrierte, wie Spring mir krampfhaft in die Augen sah.

»Willkommen«, rief Rocko aus der Küche. »Wo hast du Jungle gelassen?«

Ich war inzwischen in meine Mokassins geschlüpft.

Sie waren tatsächlich noch genau da, wo ich sie hingestellt hatte. Ich bewegte meine Zehen, versuchte zu lächeln. Gut, zu Hause zu sein.

»Jungle ist abgehauen«, antwortete ich. Ich drückte Rockos Hände. »Wenn er hier aufkreuzt, darfst du ihm eine reinhauen!«

Rocko hatte tatsächlich keinen Schnurrbart mehr und sah aus wie eine Eule. Er trug eine dunkle Sonnenbrille. Am Hals hatte er eine Narbe, rot und schorfig.

»Dieser Scheißhaufen! Er sollte auf dich achtgeben!« Rocko wiegte sein Haupt. Ich starrte auf die Stelle, wo sein Bart gewesen war.

»Außerdem hat er meine Bankkarte, samt Code«, sagte ich.

Die Musik war wie immer viel zu laut. Man mußte brüllen, wenn man verstanden werden wollte.

»Macht die Musik leiser«, schrie Rocko. »Ey, Garth! Mach das mal.«

Wir verzogen uns in die Küche. Die Musik wurde tatsächlich leiser, und die Jungs lauschten meiner Edmonton-Geschichte, wie Jungle mich zwar im Krankenhaus abgeholt hatte, aber dann aus dem Hotel verschwunden war.

»Ich gable ihn für dich auf«, sagte Rocko. »Ich nehme meine kugelsichere Weste. Und alles Geld, was er ausgegeben hat, zahlt er doppelt und dreifach zurück.« Er griff ins Tiefkühlfach und holte zwei eiskalte Büchsen raus. »Ehrlich! Mach dir keine Sorgen! Ich trete ihm die Eier blau.«

Gut! Ich würde gern Zeuge sein. Ich sah mir die Meute im Zimmer an. Offenbar waren sie happy, aber daß ich wieder da war, interessierte keinen wirklich. Sie hatten ihre Fete, und das wars. Und doch: Etwas war im Busch. Irgend etwas …

»Was war das mit den Gooks?«

»Sie sind schon tot, Larry.« Rocko klatschte seine schwere Faust in seine Kelle von Hand. »Hat dir Clarence von unserm Plan erzählt?«

»Noch nicht«, sagte Clarence. »Zeig ihm mal dein Auge.«

Rocko nahm die dunkle Brille ab. Ich zuckte zusammen.

»Fuck!«

Sein Auge war ein einziger Schlitz, dick und schwarz. Damit konnte er keine einzige Träne mehr weinen.

»Und wie ist es passiert?«

Rocko versteckte sich wieder hinter seiner Brille und schenkte zwei Gläser voll. »Ich hatte frei und seh zufällig, wie ein Gook die Tankstelle beklaut. Ich hab ihm höflich gesagt, er soll die Sachen zurücklegen, aber der denkt gar nicht dran. Also zwing ich ihn – und dann kommen zwei von seinen Leuten, zerren mich raus und fangen an, mit ihren Stiefeln auf mir rumzuspringen.«

»Und die Bullen?«

»Das sollten wir selber regeln.«

Rocko bot mir ein kaltes Bier an. Ich lehnte ab. »Aber Kaffee wär nicht schlecht. Und könnte nicht jemand ein paar Kerzen hinstellen und die Balkontür aufmachen? Bißchen dick die Luft heute.«

Alle sahen auf Spring. Sie nickte und ging.

Das mit den Kerzen hatte mir Snowbird beigebracht.

Seine Frau kam mit Rauch nicht klar, und er war immer sehr besorgt um die Luft, die sie zu atmen hatte.

Rocko gab das Bier Clarence, und der kümmerte sich um den Kaffee.

»War es Lau?«

Rocko nickte. »Ich glaube.«

»Schlagen oder geschlagen werden«, sagte Clarence. Es war unser Motto. »Erklär Larry unsern Plan!«

»Was für ein Plan?« fragte ich.

Aber keiner gab eine Antwort. Die Kerle nutzten das Anzünden der Kerzen als Vorwand, Spring anzustarren. Alle waren scharf auf sie. Sie war auch atemberaubend. Es war immer etwas fast Heiliges, wenn ein Indianermädchen zur Frau erblühte. Über Nacht war sie Stadtgespräch. Sie ging in ihrer ganzen Unschuld die Hauptstraße runter, strahlend, ihre Freunde im Schlepptau. Ihre langen dichten Haare. Ihre geschmeidigen Beine. Ihr flacher Bauch. Ihre perfekten Brüste. Ihr Lachen flog wie Schwalben durch die Lüfte. Und alles zwischen Himmel und Erde war gut, so wie es war. Sie war das, was ein Weißer einmal eine »Indianerprinzessin« genannt hatte. Das hieß, sie war jetzt auf dem Markt. So waren die besten und schönsten Frauen vom Dene-Stamm eine nach der anderen weißen Männern in die Klauen gefallen. Männern, die ihnen gegeben hatten, was ihnen die eigenen Männer nicht geben konnten – oder nicht wollten. Clarence hatte ganz recht, zu viele geheime Gärtchen waren unbestellt geblieben.

»Aber keinen Blitzkrieg. So was ist nicht unsere Art«, sagte ich.

Spring plazierte eine der Kerzen auf dem Tisch im

Zimmer, wo die meisten rumhingen, eine brachte sie in die Küche zu uns.

Ich krächzte immer noch. »Scheißqualm!« Spring hatte die Augen nur bei Clarence. Ich stieß Rocko an, daß er Spring in das Zimmer schaffen solle, wo alle tanzten.

»Spring?« Rocko lächelte sie an. »Tanzen wir!«

»Okay!« Sie stand auf und ging voraus.

Ich sah ihr nach. Was für ein Hintern. Herrlich. Jetzt allerdings wußte sie es, und das machte die Sache nicht mehr ganz so aufregend.

Die Masse feierte weiter und ließ uns, Clarence und mich, aus den Augen. Wir standen allein im Korridor, an der Tür zum Bad. Meine Augen tränten nach wie vor. Warum vertrug ich diesmal dieses Gas so schlecht. Ich sah auf Rocko mit seinem nackten Gesicht. Nach einer Weile sagte Clarence: »Unglaublich, wie sie das ganze Zeug in sich reinziehen.«

»Gehen wir runter ins Büro«, schlug ich vor.

Wir stiegen in mein Zimmer im Kellergeschoß. Ich hatte da zwei Telefone, eins für die Polizei und eins für Taxis. Der Computer und beide Telefone waren abgeschaltet. Shit! Mein Computer hatte ein PGP-Programm, das alle meine E-Mails sofort verschlüsselte. Und ich hatte persönlich »Evidence Eliminator«, »Opt Out« und »Zone Alarm Pro« installiert, damit nicht irgend jemand meine Daten gegen mich selber verwenden konnte. Warum war alles runtergefahren? Was, wenn ein Trucker eine Mail sandte? Oder wenn Chicklets zum Beispiel ein SOS senden wollte?

»Die Dinger haben anzusein!«

Ich schaltete das Gerät ein. Gleichzeitig sah ich nach dem Stromverteiler hinter meinem Schreibtisch. Er war in Betrieb.

»Bleib ruhig, Mann«, sagte Clarence. »Es gibt keinen Grund für jemand da draußen, an deinen Server zu gehen.«

Ich sah mich um. »Jemand hat das zu überwachen! Wo ist Sammy?«

»Zu Hause bei seinem Kind.«

»Und Charlie?«

»Krank.«

»Fuck.« Ich sah auf den Bildschirm. Keine Messages.

»Vor wieviel Monaten hat Viola ihr Diplom gekriegt?«

»Im April war sie fertig.«

»Füll ihr den Öltank, und schick ihr wieder die Unterstützung.«

Clarence zückte seinen Notizblock und schlug eine neue Seite auf.

»Schon passiert.«

»Wieviel Trucks sind unterwegs?«

»Vierzehn.«

»Pakete?«

Clarence nickte. »Noch vierzig SIMMs. Sie sind im Wandschrank.«

»Und jetzt zu diesem Plan.«

»Ich glaube«, sagte Clarence, »den Überfall auf Rocko können wir nicht durchgehen lassen. Wir müssen zurückschlagen, oder wir verlieren unser Gesicht.«

Ich biß mir auf die Zunge. Mit diesem »Gesichtsverlust« kam Clarence immer wieder. Er war geradezu besessen davon.

»Ich höre.«

»Du weißt, Torchy schuldet uns fünfhundert.«

»Die kriegen wir zurück, samt Zinsen, warum ihn also stressen?«

»Ich hab ihm gesagt, er soll einen kleinen Job machen für uns.«

»Welchen?«

»Torchy arbeitet für Les – Hausreinigung und so, mit Dampf.«

»Unbezahlt. Er arbeitet seine Strafstunden ab.«

»Egal. Er hat freien Zugang zu allen Häusern der Stadt.«

»Okay.«

»Er kommt auch in die Häuser der Gooks, und zwar in alle. Und in den Kellern oder den Sprengwerken könnte er was deponieren ... Uran.«

Ich fauchte: »Uran? – Wer hat dich auf diesen Gedanken gebracht?«

»Meine Idee«, lächelte Clarence. »Torchy hat Uranbrocken außerhalb versteckt. Er sagt, wenn wir wollen, gehören sie uns.«

»Das ist Mord. Das ist mehr als Mord. Wie, zum Teufel, kommen solche Gedanken in deinen Kopf?« Meine Kehle wurde trocken.

Durch Smith hatte die Hauptroute der amerikanischen Armee geführt, als sie das Uran aus den Minen holte, das für die A-Bombe im Zweiten Weltkrieg gebraucht wurde. Smith war an dieser alten Route errichtet worden. Zwanzig Häuser hatte man entdeckt, die auf Uranfundamenten standen. Als die hohen Krebsraten nicht mehr zu vertuschen waren, hatte man ein kanadisches Team geholt, das die Sache untersuchen sollte. Torchy war, während seiner Zeit im Knast, irgendwie in dieses Team geraten, zuletzt als Assistent. Sie hatten ganze Wagenladungen uranhaltiger Steine gefunden, über die ganze Stadt verstreut. Das war vor zwei Jahren gewesen. Die meisten wurden abgeräumt – abgesehen von denen, die Torchy aus Rache versteckt hatte. Der Aufseher hatte ihn nämlich gefeuert, weil Torchy seiner Frau angeboten hatte, ihr einen Orgasmus zu verschaffen, und zwar auf die ganz normale Art ...

»Wem sonst hast du davon erzählt?« Ich starrte Clarence an. Ich hatte große Lust, ihn mir zu greifen, ihn ins Klo zu stopfen und runterzuspülen.

»Rocko, sonst keinem.«

»Torchy?«

»Wir haben ihm davon erzählt.«

»Und du weißt nicht, was dieses Zeug bei Menschen anrichtet?«

»Klar. Leukämie, Krebs ...«

»Und zwar auch bei Kindern!«

»Ach ja?«

»Wie konntest du so werden, Clarence!? Du warst doch nie so!«

Clarence schrie zurück: »Menschen ändern sich! Sie haben Rocko fast umgebracht. Wir müssen es ihnen heimzahlen! Einer muß sterben. Und das Uran wirds für uns tun, ganz langsam. Keiner wirds merken, niemals, nicht mal die Bullen.«

Ich schrie ihn an: »Es würde sie töten, langsam, noch nach Jahren!« Meine Kehle brannte vom Schreien. Es war, als wenn meine Füllungen wegschmolzen.

Clarence trat einen Schritt zurück, knöpfte sich die Jacke zu und gleich wieder auf. Der Gedanke, daß all das gründlich mit unseren Leuten besprochen worden war, als ich weg war, machte mich fertig.

Wir maßen uns mit den Augen, Clarence und ich. Die Heizung sprang an. Clarence brach den Blickkontakt ab und drehte sich um.

»Paß auf, Clarence«, sagte ich, wieder ruhiger. »Ich will nie wieder was davon hören. Geh jetzt hoch, und schick Rocko runter. Und sag Spring, sie soll mir einen Kaffee bringen.«

Clarence machte auf den Hacken kehrt. »Und Torchy?«

»Was soll mit ihm sein?«

»Wir müssen ihn anheuern – oder die Gooks tuns.«

»Torchy soll drei Scheißmeilen im Scheißumkreis von hier wegbleiben, ist das scheißklar?«

»Du bist der Boß«, murmelte Clarence, bevor er die Treppe nach oben ging.

Ich atmete aus, ballte meine Fäuste, bis sie schmerzten. Das war mein Tod. Diese Haie waren mein Tod. Ich lehnte mich gegen die Treppe. Dann faßte ich den Gewehrschrank ins Auge. Der winzige Schlüssel stak unter einer Treppenstufe. Ich nahm ihn, schloß den Schrank auf. Darin befanden sich eine 30er, eine 22er, ein paar Schrotflinten, eine 410er und die 30.06 für die groben Sachen. Außerdem lagen darin die unschätzbaren SIMMs, eingewickelt in vierzig silberne Antistatikhüllen, geklaut aus Regierungscomputern in Yellowknife. Von den Sicherheitsleuten, von wem sonst. Jedes hatte 32 Megabytes. Das machte fünfzig Dollar pro Megabyte für fünf Betriebsminuten. Sie waren mehr als Gold wert. Clarence mußte sie gleich morgen mit dem ersten Flug an unsere diversen Kontaktleute an den kanadischen Universitäten schicken.

»Larry?« Die Stimme kam von oben.

»Ich bin hier unten!« Ich legte die Sachen zurück und verschloß den Schrank. Jemand kam schweren Tritts die Treppe runter – Rocko. Ich betrachtete ihn genauer und war beeindruckt. Er sah gut aus in seiner Abendgarderobe: schwarze Slacks und steifes weißes Hemd. Geradezu einschüchternd mit seinen schwarzen Gläsern. Ein verletzter Riese, aber noch zu jung, um gefährlich zu sein. Jungle würde ihn knacken.

Er hielt jede Menge Rechnungen in den Händen. Ich machte den Safe neben der Heizung auf. »Wieviel haben wir gemacht die letzten Nächte?«

Rocko gab mir die Rechnungen und Kontoauszüge. »Achthundertzweiundfünfzig.«

Shit. Trotz Zahltag und Sozialhilfetermin war das knapp. »Haben wir kein Rauchzeug verkauft?«

»Doch. Drei Kartons King Size und fünf Demaurier.«

»Taschen?«

»Zwei.«

Das war nicht so schlecht. Ich befühlte meine dicken Wangen.

»Und wie gehen die Satelliten?«

»Fünf, während du weg warst, und wir haben Bestellungen für weitere achtzig. Sie sind im Safe.«

Ich war zufrieden.

»Rocko, ich möchte dich um einen Gefallen bitten …«

»Jederzeit.« Rocko beugte sich zu mir. »Aber vielleicht ist jetzt nicht der richtige Zeitpunkt und der richtige Ort … Na ja, andererseits kriegst du es sowieso mit, und vielleicht ist es besser, du hörst es von mir.«

Ich sah ihn mir genau an. »Red weiter.«

»Spring … also, deine Spring. Sie verbringt eine Masse Zeit mit Clarence, und wenn ich sage eine Masse, dann meine ich eine Masse. Er bringt sie zum Training und zur Schule. Gestern waren sie im Kino.«

Meine Fäuste ballten sich, und mein Magen fing an zu brodeln. Mir wurde schwindlig. Davon hatte Clarence nichts gesagt.

»Willst du mich verarschen?«

Der Brechreiz nahm zu. Kalter Schweiß trat mir auf Rücken und Brust.

»Warte«, sagte ich. »Ich muß nachdenken.«

Konnte das wahr sein? Ich ließ mich langsam auf meinen Stuhl sinken. Das konnte Spring mir nicht antun. War es etwa auf der Party passiert? Hatte Clarence sie hier im Haus gefickt?

»Ich nehme an, du kennst Clarences Plan?«

Ich nickte.

»Und was hältst du davon?«

»Nichts. Absoluter Stumpfsinn, das ist es, was ich davon halte.«

»Genau! Das ist doch grausam. Lau, seine Leute. Sie haben Familien. Kinder. Außerdem, sind sie etwa keine Menschen?«

»Rocko«, sagte ich. »Bleib heute nacht in der Nähe. Es riecht nach einem Coup. Behalte Clarence im Auge – so ungern ich das sage.«

Rocko nickte. »Ich halte dir den Rücken frei. Und Spring?«

Ich starrte vor mich hin. »Was soll mit ihr sein?«

»Bleib ruhig. Ich bin auf deiner Seite.«

»Bleib in der Nähe.«

»Ja doch. Im Notfall hole ich Garth. Ich habe eine Axt im Wagen. Garth und ich, wir können richtig ätzend sein, wenns sein muß.«

»Warte auf mein Signal. Wer hat Dienst nach dir?«

»Du. Du hast die Schicht von zwölf bis acht.«

»Shit.«

»Hat dir der Doktor reichlich T 3 mitgegeben?«

»Toradol, ich weiß aber nicht, was da drin ist.«

»Hast du ein paar übrig? Ich bezahl sie dir. Könnte welche für mein Auge und meine Hand gebrauchen.«

»Hab ich. Ich brauch sie wegen der Nähte.« Ich griff nach Rockos Kopf und drehte ihn zur Seite. Die Quetschung sah mich an wie eine blutende Rose.

»Warst du beim Arzt?«

»Nein. Wenn ich ohnmächtig gewesen wäre oder nachträglich Schwindelanfälle gehabt hätte, dann ja. Aber hatte ich nicht. Ich bin in Ordnung. Ich brauch keine Hilfe.«

»Wenn du was brauchst, ruf mich an. Du bist in Gefahr, seit du weißt, was du weißt.«

Spring kam mit dem Kaffee die Treppe runter. Vorsichtig gab sie mir einen Kuß, vorsichtig und hastig. Wir schwiegen, Rocko und ich.

»Jungs und ihr Spielzeug«, sagte sie mit einem Blick auf die surrende Elektronik im Raum. Dann rannte sie schnell wieder zur Treppe rauf, als wenn sie Angst hätte, mit mir allein zu sein.

Ich schlürfte meinen Kaffee, er wusch das Blut und den Speichel meine Kehle runter. Ich betrachtete die Tasse, die sie mir gegeben hatte. Es war ein Weihnachtsgeschenk, das mir Lila vor ein paar Jahren gemacht hatte. Darauf stand: »Ich trinke lieber Kaffee mit dir als Champagner mit sonstwem.« Wo hatte Spring diese Tasse plötzlich her? Lila hatte sie mir vor einem Jahr gegeben, als Geschenk von ihr und Jungle. Das war eine seltsame Veranstaltung gewesen. Lilas Lippenstift in dieser Nacht! Er war verschmiert und sollte ihre geschwollenen Lippen verdecken. Wo war sie jetzt?

»Ich bin nur vier Tage weggewesen!« sagte ich zu Rocko.

»Sie ist fix, Mann, und Clarence auch. Ist es da ein Wunder?«

»Nein. – Hör zu. Hast du noch Zugang zum Knast?«

»Ja. Nachts.«

»Kennst du ein paar Igluhocker im Knast?«

»Reiß dich zusammen, meine Mutter ist eine Inuit.«

Shit, das stimmte. »Sorry, Mann. Hab ich vergessen.«

»Schon gut.«

Rocko war zwar großgewachsen, aber man sah doch deutlich die flachen Züge der Inuit. »Tut mir wirklich leid. Das sind die verdammten Drogen. Ich fühl mich wie Scheiße, kann nicht richtig denken.«

»Schon gut.« Rocko schlug mir freundschaftlich auf

die Schulter, ich zuckte zusammen, und wir mußten beide lachen.

»Rocko, wir sind Freunde, du brauchst das Folgende nur zu tun, wenn du es willst. Aber wenn du ein paar Inuits im Knast bei der Hand hast – ich will ihnen einen Deal vorschlagen.«

»Und?«

»Bevor ich wegging, hast du mich gefragt, ob du nicht bei uns mitmachen kannst. Ich hab drüber nachgedacht. Ich denke, ich kann dir vertrauen. Wir sollten weg von Alkohol und Drogen. Ist mir zu schmutzig auf die Dauer.«

»Willst du das den Dragon Boys überlassen?«

»Sie werden es sich unter den Nagel reißen, ob wir wollen oder nicht.«

»Kein Schwein in der Stadt wird beim Gook kaufen.«

»Sie werden nur die als Kunden kriegen, die wir nicht daran hindern.«

Wir schwiegen.

»Wir werden nur noch das machen, was wir auch in Yellowstone machen«, fuhr ich nach einer Weile fort. »Im Knast kriegen deine Leute doch Speckstein zur Verfügung gestellt, Rocko?«

»Yeah.«

»Und sie schnitzen wie die Teufel.«

»Besser als sonst jemand«, brüstete sich Rocko.

Ich lächelte. »Und genau deswegen arbeiten wir mit ihnen. Du gibst ihnen fünf, sechs Gramm Stoff, sie liefern dir ihre Sachen – aber ohne Signatur. Dann verkaufst du sie auf deine Rechnung – mit deiner Signatur.«

»Scheiße, ich weiß nicht. Das ist ja ...«

»Warte, die japanischen Touristen in meiner Maschine heute haben sechs Riesen für einen einzigen geschnitzten Moschusochsen gezahlt.«

»Bloß wenn die Bullen den Qualm riechen ...«

»Was für Qualm?«

»Vom Hasch. In den Zellen.«

»Rocko! Sie rauchen das Zeug nicht, sie kauen es.«

»Ehrlich?«

»Paß auf: Wir helfen deinen Leuten im Knast. Wir stellen ihnen Gutscheine aus, die wie Bares sind, je nach Profit, und legen sie an. Je länger sie drin sind, desto mehr kriegen sie am Ende auf die Hand.«

»Begreif ich nicht.«

»Alle Galerien in der Gegend ziehen ihnen fünfzig Prozent ab. Sie verkaufen ein Walroß für sechstausend. Deine Leute kriegen dreitausend minus irgendwelcher Bullshit-Steuern, wie Vergnügungssteuer.«

Rocko starrte auf den Monitor.

Ich setzte meine Tasse ab. »Denk drüber nach, und wenn dir ein paar Langzeitler einfallen, melde dich.«

»Ich denke nach, aber das sind doch nur kleine Fische, Larry. Du solltest in Spielautomaten machen. Die bringens.«

Ich atmete durch. Irgendwann mußte es mir ja einer außer Clarence oder Jungle ins Gesicht sagen.

»Du denkst also auch so.«

»Ja! Sie kosten dich dreitausendfünfhundert im Ankauf und bringen im Schnitt fünftausend im Monat. Du schaffst vierzig oder fünfzig davon ran und bist auf der Sonnenseite. Du stellst die Zähler zurück, und keiner merkt was, auch nicht die Regierung.«

»Rocko, Automaten sind das Kokain der Spielindustrie. Die Leute hier haben sowieso schon ein Spielproblem. Nimm nur die Karten. Jede Nacht geht das hier ab. Und es macht jede Menge Leute fertig.«

»Genau das machen wir mit Schnaps, oder?«

Soviel war klar – Rocko dachte nicht erst seit heute über dieses Problem nach. »Rocko, gut, daß du damit rauskommst. Du kannst mir glauben, daß ich Tag für Tag darüber nachdenke. Die Leute, die zu uns kommen, sind in aller Regel in Ordnung. Im Geschäft brauchst du Kunden, die dir treu bleiben, und nicht welche, die nach einem Jahr am Ende sind. Wechseln wir das Thema. Ich bin gerade erst wieder heimgekommen, kapiert?«

»Sorry, Larry. Ich versuch nur, dir zu helfen. Könnte es nicht sein, daß die Stadt nicht mehr das richtige Pflaster für dich ist, mit Spring und Clarence?«

Ich rieb mir die Augen. »Gehen wir nach oben. Morgen ist auch noch ein Tag. Laut Chicklets kommt heute eine Ladung. Geh mit, hilf aufladen. Ich fang jetzt meinen Dienst an, ohne mich heute noch vom Fleck zu bewegen.«

»Alright.« Rocko strahlte.

Wir gaben uns die Hand. Ich erhob mich langsam und stellte die Telefone leise. Den Computer ließ ich an, falls jemand mailte.

»Hast du noch mehr Ideen zum Thema Schmuggeln, Rocko?«

»Hab ich.«

»Dann komm morgen zum Kaffee vorbei.«

»Danke, Larry, ehrlich, ich ...«

»Hey!« Bonny stand oben an der Treppe. »Telefon für Rocko oder dich. Chicklets ist dran.«

»Ich mach das«, sagte Rocko und ging zur Treppe. »Danke noch mal.«

Was hatte Clarence gesagt, wie viele Trucker waren unterwegs, siebzehn oder vierzehn? Ein weiteres Geschäft waren die gebrauchten Trucks, die wir nach Süden verkauften, an Harold Ceyan, einen Navajo-Händler. Der kanadische Dollar stand so niedrig, daß die Amerikaner über die Grenze kamen, um billig Autos zu kaufen. Unsere Leute kamen ihnen entgegen, ohne Zusatzkosten. Wir kauften die Trucks unter einer 1-800-Nummer, brachten sie kurzfristig über die Grenze und beluden sie außerdem mit Fellen für amerikanische Jäger, die sie weiterverkauften. Die Kunden brauchten für Wagen, die älter als fünf Jahre waren, keine Einfuhrsteuern zu bezahlen. Und wenn wir das Geld in kanadische Dollars tauschten, machten wir soviel Plus, daß alle Kosten gedeckt waren. Außerdem konnten wir auf der Rückreise wieder Autos kaufen. Und Stoff.

Ich nahm meine Tasse und ging vorsichtig die Treppe nach oben. Upton und Fonzy hatten einen Lachanfall, und die Leute rockten immer noch auf der Fläche. Obwohl es eigentlich keine Tanzfläche gab. Sie hatten einfach die Couch und die Doppelsessel an die Wände aus importiertem Zedernholz geschoben. Jemand hatte Feuer im Kamin gemacht, aber vergessen, die Klappe zu schließen. Die Flammen tanzten in Orange und Rot. Kaminfeuer, es gab nichts Besseres.

Sechs Paare tanzten langsamen Walzer. »Angel« von

Aerosmith. Clarence und Spring bewegten sich eng aneinander. Fuck. Ich beobachtete die Flammen, die den Kamin hochleckten, immer höher, immer höher. Mein Gesicht fing an zu jucken, dann die Zehen. Ich kratzte mich. Mir war viel zu heiß. Was war nur los mit mir diese Nacht? Die Gooks auszurotten war Mord, nichts anderes. Mord. Was war mit dieser verdammten Stadt los? Was war mit Clarence los? Ich ging zwischen den Tanzenden hindurch und zog Clarence von Spring weg.

»Mach die Kaminklappe zu«, grunzte ich.

Clarence runzelte die Stirn, aber er ging zum Kamin. Ich umarmte Spring. Ihr Haar roch gut wie immer.

»Dein Flug hatte Verspätung«, sagte sie.

»Wir hatten ein Karibu auf der Startbahn.«

»Sie haben doch nicht darauf geschossen?«

Ich log: »Dreimal.«

»Igitt«, sagte sie und reichte mir eine Tasse. »Willst du einen Eierlikör? Endlich gibt es welchen bei uns im Norden.«

»Bloß keine Sahne!«

»Warum?«

»Nicht gut für mein Zahnfleisch.«

Sie krauste ihre Nase. »Was willst du?«

»Kommen wir zur Sache. Ich hab auf dich gewartet.« Ich beobachtete sie. Es juckte mich jetzt überall. Sie gab sich unbefangen – und doch. Hatte sie es mit Clarence getrieben? Was war das für ein Song, nach dem sie jetzt tanzten? Ich hatte keine Ahnung von all diesen neuen Countrysängern. Irgendeiner sang was von Träumen, die geplatzt waren.

Ich zog sie dicht an mich. »Du und Clarence«, flüsterte ich. »Habt ihrs miteinander getrieben?«

Sie verkrampfte sich. »Bitte?«

»Hast du Clarence gefickt?«

Sie versuchte sich loszumachen – ich hielt sie fest. »Sag einfach ja oder nein.« Ich hielt sie noch fester. »Wenn du lügst, dann ...« Ich brachte den Satz nicht zu Ende. »Sag es jetzt, und ich laß dich gehen. Keine Szene, kein Aufriß. Ich bin zu fertig dafür. Aber sags!«

Jemand legte mir die Hand auf meine Schulter. Ich war bereit, Clarence ins Gesicht zu springen, aber da sah ich – Rocko.

Spring rannte ins Badezimmer und schmetterte die Tür hinter sich ins Schloß. Rocko sah ihr nach.

»Das war Chicklets am Telefon. Er sagt, wir können erst morgen mit der Ladung kommen. Er macht Platz bei sich.«

Ich hatte genau gesehen, daß Clarence Springs hitziger Abgang nicht entgangen war.

Rocko hatte eine Thermoskanne Kaffee. Er goß mir meine Tasse voll. Heißer Kaffee war genau das, was ich jetzt brauchte. Er beruhigte das geschwollene Fleisch in meinem Mund. Ich schlürfte die schwarze Brühe und besah mir die Tasse. Ich fragte mich, wo Lila war. Sie hatte mir mal gesagt, ich wäre am Tag des großen Problemlösers geboren. Sie las dauernd Sachen, von denen ich noch nie gehört hatte, und soweit ich wußte, war sie auch die einzige in der Stadt, die in die Bibliothek ging. Und sie selbst? An was für einem Tag war sie geboren? Es fiel mir nicht ein.

»Ich übernehme das«, sagte Clarence. »Rocko kommt mit, und wir lagern das Zeug solange in meinem Versteck ein, und wenn du willst, können wir diese Party hier auch verlagern.«

»Mach das«, sagte ich, »schmeiß sie alle raus, und schaff sie zu Jungle.«

»Wird gemacht, von hier direkt in Jungles Haus.« Er grinste vor sich hin.

Ich würde aufatmen können. Allein im Haus, nachdenken, den Essiggestank des Weins rauslassen, und all die halbleeren Flaschen und vollen Aschenbecher loswerden. Mir fiel meine letzte Party ein. Alle tanzten, fühlten sich gut, und jemand verkroch sich ins Schlafzimmer und kotzte sich aus. Direkt auf meinen Lieblingspullover, ein Weihnachtsgeschenk. Ich mußte ihn entsorgen. Ich war außer mir gewesen. Ich fragte jeden im Haus, aber niemand wollte sich zu der Schweinerei bekennen.

»Und hol sechs Kartons Rauchwaren. Verteil sie an alle.«

»Irre!« sagte Rocko und klatschte in die Hände.

»Hast du noch mehr abzurechnen?«

»Nein, das wars. Ich helf dir morgen, die Küche aufzuräumen.«

Mir fehlte neuerdings der Zugang zu dieser Art Party-Enthusiasmus. Überhaupt war es schwer, sich noch für irgendwas zu begeistern. Geld war in Ordnung, und daß ich in der Stadt einen Namen hatte, auch. Aber so etwas wie Liebe konnte ich für unsern Job nicht mehr aufbringen. Keine Nacht, die ich noch durchschlafen konnte. Alle Stunde klingelte jemand wegen Alkohol.

Clarence fragte: »Sollen wir dich mitnehmen?«

»Nein. Ich mach Dienst, aber bring Chicklets noch ein paar von den Karibusteaks.«

»Mach ich. Und was ist mit Spring? Soll ich sie nach Hause bringen?«

»Mach, was du willst«, sagte ich, bevor mir wieder übel wurde. Ich merkte schon, wie es hochkam und wie mir das Wasser aus den Koteletten lief.

Clarence wandte sich ab. Er brüllte: »Alle raus hier! Wir fahren zu Jungle und machen da weiter.«

Allgemeines Johlen war die Antwort, und die Masse strömte allmählich nach draußen. Nur die Jüngeren kamen und sagten good-bye.

Snugs sah sehr gut aus mit seiner dicken goldenen Kette um den Hals.

»Take it easy, Larry.«

Ich gab ihm einen leichten Kinnhaken.

»Ihr auch«, sagte ich. »Und wenn ihr mal nasse Flügel habt, könnt ihr sie bei mir aufhängen.«

Sammy schlug mir auf die Schulter. »Danke, daß wir bei dir feiern durften.«

»Immer«, sagte ich. »Und macht euren Abschluß.«

Sie lachten, als ich sie zur Tür brachte. Sie verbreiteten eine Energie, wie sie nur von so jungen Kerlen ausgeht. Ich fand das gut, aber alle anderen kotzten mich bloß noch an: die vierzigjährigen Typen, die nur noch auf Schlägereien scharf waren oder ihre neuen Autos vorzeigen wollten, die chronischen Alkoholiker, die fiesen Säufer, all unsere rotgesichtigen, purpurnasigen Indianer, deren schrille Stimmen ich nicht mehr hören konnte. Ich bat die Leute noch, die Küchenfenster aufzureißen, um all den Dunst loszuwerden. Sie machten es und bedankten sich erneut. In ihren Augen spiegelten sich Achtung, Respekt und Dank wider. Konnte ich zum Weiterleben gut gebrauchen. Und jetzt sollten diese Blicke Jungle gehören.

Nur von den allerletzten hörte ich weder ein Danke noch ein Good-bye. Sie brummelten was von einer anderen Party, die sie sich suchen wollten. Jungle wohnte ihnen zu weit entfernt. Ich notierte mir im Geist genau, wer sich höflich und freundlich verabschiedet hatte und wer nicht. Jetzt schlurfte ein Typ nach draußen, den ich noch nie zuvor gesehen hatte. Irgendeiner war immer dabei, den man nicht kannte. Ein Undercover-Bulle? Ein Narkotiker? Ein Spion der Dragon Boys? Ich war aber viel zu müde, um mich darum zu kümmern.

Ich sah hoch zur Balkendecke. Snowbird hatte das Haus mit seinen eigenen Händen gebaut. Er hatte genagelt, geschliffen und den ganzen Innenausbau gemacht. Ich fragte mich, ob es mir gelingen würde, irgendwann ein eigenes Haus zu bauen. Ich hatte bereits entsprechende Zeitschriften abonniert, die sich mit dem Bau und mit der Einrichtung von Blockhäusern befaßten. Und alle hatten Eselsohren und waren abgegriffen. Ich hatte alle Kunstdrucke eingekreist, die ich einmal in mein eigenes Haus hängen würde. Nur daß ich sie heute nicht mehr kaufen würde, angesichts der Partyabgase – sie würden kaum lange halten. Ebenso hatte ich mir IKEA-Kataloge beschafft und die Tische, Regale und Vorhänge angekreuzt, die ich haben wollte. Und eines Tages hatte ich mich selbst dabei erwischt, wie ich durch die Stadt gekurvt war und alle verrottenden Häuser, die zum Verkauf standen, notiert hatte, ohne daß mir eins wirklich gefallen hätte.

Langsam kannte ich die Geschichte der meisten Häuser, wußte, wer die Nachbarn und welche Straßen die lautesten waren. Aber eigentlich wollte ich in Smith kein Haus bauen oder kaufen. Eigentlich wollte ich Smith verlassen.

Die Leute waren am Ende. Snowbird hatte das oft genug festgestellt bei seinen Pokerrunden in der Stadt. Die Leute hatten nichts mehr übrig. Zu seiner Zeit lagen noch Tausender auf dem Tisch – heute Zehner oder allenfalls Zwanziger.

Die Jungs und ich hatten dieses Jahr so viele Stipendien vergeben wie sonst nie. Studenten mit Diplom kamen in die Stadt zurück, um Taxi zu fahren – oder um die Wälder abzufackeln. Es gab sonst nichts zu tun. Die Stellen in der Verwaltung waren mit Weißen besetzt. Alles, was die Indianer in der Stadt auf die Beine zu stellen versuchten, stand auf wackligem Grund. Sie waren die ersten, die Einschnitte – welcher Art auch immer – zu spüren bekamen. Die Unternehmen versuchten, Entlassungen mit Mangel an Erfahrung zu begründen. Aber Fakt war: Weiße stellten Weiße ein. Die Indianer hatten nie eine Chance. Während die Weißen in ihren Gemeindekarossen durch die Stadt gondelten, lebten die jungen studierten Leute von Sozialhilfe, oder sie rotteten sich zu Banden zusammen. Und dann die Steuern! Man mußte bluten beim Einkaufen, man mußte bluten beim Verkaufen. Wie sollte man da vorwärtskommen …

Jetzt aber zu Clarence und Spring. Es gab einen ganz

einfachen Weg rauszufinden, in welchem Bett sie sich gewälzt hatten. Spring verlor ständig Haare. Ich wußte immer, wo sie sich aufgehalten hatte. Nachmittags zum Beispiel, wenn ich duschte, konnte ich regelmäßig ihre Haare zwischen den Zehen auflesen, und regelmäßig hob ich sie auf und warf sie ins Feuer. Waren also welche im Haus – ich würde sie finden. Nur fehlte mir die Lust dazu.

Ich streckte mich vorsichtig auf meiner Couch aus. Die Wärme des Kaminfeuers wanderte in meine Knochen. Tat gut, das Feuer. Ich dehnte mich. Mein Magen kollerte. Fraßen sich die Medikamente langsam durch meine Magenwand? Jetzt essen? Ich würde nur Blut und Galle spucken.

Was in der Stadt lief, war eigenartig. Die Leute hatten sich verändert. Viele sahen mir nicht mehr in die Augen. Sie nickten mir schnell zu, dann fuhren sie weiter. Frauen, mit denen ich sonst rumgemacht hatte, sahen einfach weg, wenn ich nach ihnen rief. Manche Kerle gaben mir zwar die Hand, aber nur, wenn sie was von mir wollten. Und auch die Jungen waren anders geworden. Im Sommer sahen die Basketballplätze aus wie Gefängnishöfe.

Alle steckten sie in Gangsterklamotten. Es waren die Musik und die Videos, die sie fertig gemacht hatten, soviel war klar. Aber wie sollte man das ändern? Gut möglich, daß man nicht eine einzige Sache auf der ganzen beschissenen Welt ändern konnte …

Der saure Geruch von Nikotin und Parfum stieg mir in die Nase. Ich schob den Aschenbecher ans andere Ende des Tischs und legte mich wieder zurück. Dann starrte ich auf den Ventilator an der Decke. Seine Flügel bewegten sich langsam wie die Blätter von Helikoptern und warfen Schatten an die Balkendecke – Schattenflügel von dreckigen Engeln.

Großvaters Gang damals, die war noch gut gewesen. Sauber. Sie machten Geld mit Fellen. Die Fallensteller kamen aus den Wäldern Albertas und brachten ihre Luchsfelle. In Alberta war es verboten, mehr als einen Luchs im Jahr zu erlegen. Im besten Fall konnte ein Fell tausend Dollar bringen. Bei uns im Nordwesten gab es kein Limit. Mein Großvater prüfte die Felle, und dann kaufte er sie für vierhundert oder fünfhundert Dollar. Später schaffte er die Felle an die Bay – als sie noch so hieß – und erhielt das Doppelte pro Stück bar auf die Hand. Jeden Winter vierzig bis fünfzig Felle, das waren vierzig bis fünfzig Tausender. Er benutzte immer die gleiche Ausrede: »Gentlemen, was wollen Sie? Ich benutze einfach Katzenminze oder Biberöl. Fischköder bringen es nicht bei Luchsen.« Das war ein sauberes Geschäft. Kein Schnaps, keine Drogen, keine Viets. Nur das und dann noch Poker.

Snowbird konnte vier Tage ohne Pause spielen. Ein Veteran hatte mir von einer solchen Party im Busch erzählt. »Dein Alter war ein wirklicher Spieler. Ich hab ihn mal fünf Tage lang bei einem Spiel sitzen sehen. Er verschwendete keine Zeit aufs Bluffen oder andere Tricks. Er befühlte seine Karten, und er benutzte sein Gehirn. Alle anderen redeten in einer Tour. Sie verschlissen sich selber. Dein Alter nippte nur an seinem Tee, während die anderen sich besoffen und bekifften. Sie versuchten, auch ihn zum Kiffen zu bringen, aber er schüttelte nur sein Haupt und befingerte seine Karten. Er dachte nur ans Pokern. Es dauerte nicht lange, und keiner hatte mehr Geld. Sie brachten neue Leute, und auch die gingen bankrott. Er steckte sie alle in die Tasche. Und das wars dann, Leute, bis zum nächsten Zahltag. Und das, obwohl er halb blind war? – Weil er blind war!«

Ich grinste vor mich hin. Was machte der Alte jetzt? Vermutlich hing er an seinem primitiven Radio mit den zwei Sendern, nippte am Tee, füllte Whisky nach, neben sich einen Vorrat an Trockenfleisch und Pemmikan und vor sich vielleicht seine alten Kumpels aus Fort Chip oder Fort Res. Ich ahnte, daß er auf den Tod wartete. Er hatte in seinem Leben siebzehn unterschiedliche Blockhäuser gebaut. Dieses hier war das letzte und das großartigste von allen. Als seine Frau von der Lungenentzündung gepackt wurde, hatte er die Stadt verlassen und es vorgezogen, in seiner Hütte zu leben, die er noch vor meiner Geburt gebaut hatte. Einmal hatte ich ihn besucht, da hatten sich etliche Eichhörnchen an der Isolierung der Hütte zu schaffen gemacht, um Material für ihre Nester zu holen. Nachts raschelten sie, so daß er kein Auge schließen konnte. Er grantelte mächtig, doch dann fiel ihm ein, daß die Biester letztlich alle Mäuse gefressen hatten. Brot und Papier waren nicht mehr zerfressen, dank der Eichhörnchen.

»Fiberglas gegen Mäuse«, hatte er gesagt, »das geht in Ordnung.«

Eine Lunge seiner Frau war völlig von der Tuberkulose zerfressen worden. Früher, sagten die Alten, hatte jeder Tb. Sie aber war jetzt an Tb gestorben – und alle waren geschockt. Es war sehr schnell gegangen. Die Leute brachten Kränze und Blumen über Blumen, auch die aus Klein-Vietnam. Die Kirche war voller Leute, sie war im ganzen Norden beliebt gewesen. Sie hatte Spenden für alle möglichen bedürftigen Leute gesammelt. Hatte jemand das Studium abgeschlossen, schickte sie ihm eine kleine Aufmerksamkeit. War ein Kind auf die Welt gekommen, fand man in der Post ein kleines Geschenk von ihr. Ihre Idee war es, ein kommunales Zeremonienhaus einzurichten – und zwar für alle, ob Eingeborene oder nicht.

Ich erinnerte mich an die letzte Unterhaltung mit ihr. Stoned, wie ich war, wollte ich gerade das Haus verlassen, als sie heimkam. Um meinen Zustand zu überspielen, fragte ich sie: »Wachsen Bäume auch im Winter?«

»Ein bißchen – aber wo ist deine Freundin?«

»Keine Ahnung.«

»Mein lieber Sohn. Das Leben ist eine endlose Straße, und man sollte sie nicht allein gehen.«

So lautete das letzte Gespräch, das wir führten. Bei der Beerdigung hatte der Alte ganz allein in der Mitte des Kreises gestanden, und Hunderte von Menschen tanzten um ihn herum und schlugen die Trommeln. Auch er tanzte, noch ganz im Schock flüsternd: »Nein, Baby, nein.«

Jetzt wartete er darauf, daß ich mein eigenes Haus baute, und ich wollte es auch, irgendwann. Ich hatte die Hausbaumagazine studiert wie die Bibel, und beide hatten wir Grundrisse gezeichnet. Dabei konnte ich das Haus schon vor mir sehen. Achtzehnhundert Quadratfuß, drei Stockwerke, drei Bäder, ein riesiges Becken, strahlende Decken, hohe Fenster, ein Dachgarten, zwei Lofts für Gäste, eine Sauna, Deckenfenster, um Mond und Nordlicht sehen zu können, weiße Fichtenpaneele und über dem Wohnzimmer eine kathedralartige Decke. Die Halle würde keine Zwischenwände haben, um den, der kochte, nicht von der Unterhaltung auszuschließen. Außerdem gäbe es einen riesigen zugdichten Ofen plus extra Propanheizung. Waschmaschine und Trockner würden im Keller untergebracht sein, wo sie nicht störten.

Plötzlich wollte ich nur noch schlafen. Mein bisheriges Leben trat mir vor Augen, und mir war, als müßte ich verrecken. Schuld an allem war diese beschissene Stadt. Sie war es, die mich in diese hoffnungslose Situation gebracht hatte. Und die Spielsaloons würden alles nur noch schlimmer machen. Es war, als wenn ein Pfandhaus in der Stadt aufmachte, und jeder wußte, daß harte Zeiten angebrochen waren. Wer sollte die Stadt am Ende retten? Die Gangs? Die Metis? Die Verwaltung? Zum erstenmal seit Jahren hatte sie keiner mehr im Griff, und jetzt gab es auch noch diese Vietnamesen.

Aus blanker Geldgier, nicht um Arbeitsplätze zu schaffen, unterwanderte Broken Hill Propriety alle Indianergemeinden im Nordwesten. Der Konzern kannte die Banden und kannte die Mittel, um mehr Drogen und Alkohol ins Land zu bringen, als man sich vorstellen konnte. Und er würde sich auch um die Spielhöllen kümmern. Zuletzt würde man sich nach langwierigen Verhandlungen mit den Gemeinden einigen, die längst die Übersicht verloren hatten. Und die Leute, die sich eine goldene Nase dabei verdienten, waren die Advokaten, und sonst keiner. Der Löwe ist ausgeblutet und kalt. Der Löwenbändiger selbst ist gezähmt. Er ist müde und waidwund. Könnte einen Song ergeben.

Das Geld, Lila,
Ist ein schrottreifer Truck.
Der Erfolg, Lila,
Ist nur truckreifer Schrott.
Er ist gleich Null,
Hier im Norden.
Wenn ihn niemand teilt,
Der mit dir lebt.
Dann ist Erfolg nur ein Orden.
Dem ist egal,
An wem
Er
Klebt.

Ola!

Einmal hatte ein Elch sein Geweih in einer Schneewehe hinter der Hütte Snowbirds zurückgelassen. Es wog gut achtzig Pfund. Es war, als wenn der Elch »Leckt mich!« gesagt und das Geweih, seine Waffe, in das Eis gerammt hätte und davongelaufen wäre, über den Fluß und in die Wälder, frei von allem …

Es klopfte.

Ich machte die Augen auf. Jemand kam einfach so ins Haus. Ich hörte Schuhe statt Stiefel oder Shitkicker. Schuhe.

»Hallo?«

Eine Frau. Eine Nachzüglerin für die Party?

»Die Party ist vorbei!« rief ich.

»Ist jemand da? Jungle?«

Es war Lila!

»Hallo!« Ich stemmte mich hoch und streckte mich. Viel fehlte nicht, und ich hätte meinen Kaffee ausgekippt. Ich hörte, wie sie sich auf der Veranda ihre Schuhe auszog.

»Wo sind denn alle?«

Wieder drang der frostige Nebel ins Haus, kroch über den Boden, schlich um die Ecke auf mich zu, um mich zu holen. Ich fühlte mich immer noch scheiße.

»Sie sind alle zu euch unterwegs, um weiterzufeiern. – Wie wars auf deiner Schule?«

»Bitte was? Wo ist Jungle?« Sie kam um die Ecke. Ich starrte sie an. Was sollte ich antworten?

»Larry«, wiederholte sie, »wo ist Jungle?«

Ein kalter Luftzug traf mich wie ein Geschoß. »Das willst du nicht wirklich wissen.«

Sie kam. Auf. Mich. Zu! Weißer Reif im fedrigen Haar, was ihre Schönheit um mehrere Grad steigerte. Rosige Wangen, Eis auf den Augenlidern. Ich. Hatte. Riesenlust. Sie. Zu. Küssen.

»Bist du zu Fuß?«

»Hab kein Auto.« Sie setzte sich. »Jemand hat sich ausgekotzt. Auf deiner Veranda.«

»Na toll. Und wo ist dein Auto?«

»Wird wohl einer meiner Brüder haben.«

»Einer deiner Brüder? Du bist seit fünf Tagen wieder hier und …«

»Ich hab sie alle rausgeschmissen.«

Ich grinste. »Alle vier?«

»Alles Arschlöcher«, sagte sie. »Hast du vielleicht Tee?«

»Nein, aber Kaffee.«

»Kaffee stinkt mich langsam an.«

»Okay, okay. Gehn wir nach oben.« Ich erhob mich mit allem Elan, den ich noch hatte. Es war nicht der Rede wert.

»Du siehst scheiße aus«, sagte sie.

»Danke. Dein Mann ist übrigens auch ein Arschloch.«

»Wo ist er? Er sollte doch bei dir sein.«

»Verschwunden.«

»Wie, verschwunden? Ist er noch in Edmonton?«

Das nahm ich an.

»Auf wessen Kosten?«

»Auf meine.«

»Ich komm nach Hause, und er ist weg mit dir und hinterläßt mir nicht mal eine Nachricht.«

»Ist das alles, worüber du dich aufregst?«

»Was willst du hören?«

Sie ging vor mir die Treppe hoch. Ich versuchte ihren Hintern zu scannen, was mir aber nicht gelang. Sie hatte einen von diesen schlabbrigen Baumwollpullovern an, die Frauen tragen, wenn sie ihren Körper nicht zu erkennen geben wollen.

»Wie wars auf der Schule?« fragte ich erneut.

»Schwer.«

»Und jetzt bist du Oberschwester oder was?«

»Ich hab keine Ahnung.«

Ich nahm mir ihren Busen vor – aber siehe oben. »Wie meinst du das?«

»Wie schon, bei all den Kürzungen?«

Sie ging in die Küche. Ich versuchte immer noch ihren Busen zu erkennen.

»Was ist passiert?«

Die Küche war ein einziger Abfallhaufen Zwei große Mülltüten standen hinter der Tür. Warum hatte die niemand weggebracht? Die Spülmaschine erledigte gerade die erste Fuhre, und sie würde noch zwei Ladungen brauchen. Die Becken quollen über von Bechern, Gläsern, Tassen. Auf dem Tresen standen fünf Flaschen Weißwein, halbvoll, viertelvoll, achtelvoll. Drei Kerzen brannten noch in der Ecke. Die Aschenbecher liefen über. Zwischen dem Chaos lag der Telefonhörer neben dem Apparat.

»Ich weiß nicht, was ich machen soll.« Lila fing an, Ordnung zu schaffen. Stellte Gläser zu Gläsern, Becher zu Bechern und Tassen zu Tassen.

»Es gibt einen neuen Chef im Krankenhaus. Er steht am Ende seiner Berufslaufbahn und haßt nichts so sehr wie Indianer.«

Ich entnahm dem Schrank ein paar Teebeutel.

»Wie heißt er?«

»Keine Ahnung. Ich werd zurückgehen, oder soll ich hier für drei Tage oder so anfangen?«

Es war ziemlich kalt in der Küche. Ich schloß das Fenster, das die Jungs offengelassen hatten.

»Schön, dich zu sehen, Lila.« Ich hatte große Lust, sie zu umarmen und festzuhalten. »Willkommen zu Hause.«

»Danke. Das ist das Netteste, was ich seit langem gehört habe.«

Sie machte ein Wischtuch naß. »Glauben die Leute wirklich, sie können in meinem Haus weiterfeiern?«

»Sie denken, Jungle hat nichts dagegen, daß es in seinem Haus weitergeht.«

Sie seufzte, während ich heißes Wasser aufsetzte. Dann fing sie an, die Küchenplatte zu reinigen.

»Du bist zu dünn geworden«, sagte sie.

»Ich trainiere.«

»Ja, richtig.« Sie lachte. »Hast du es noch mit dieser … wie hieß sie doch gleich?«

Ich kreuzte die Arme vor der Brust. »Wer?«

»Na du.«

»Mit wem hab ichs?«

»Na, mit dieser Minderjährigen.«

»Sie ist sechzehn, und wir sind Freunde.«

»Sie war gestern im Krankenhaus und wollte die Pille.«

»Was? Du bist seit vier Tagen wieder hier und weißt alles?« Ich jedenfalls wußte davon nichts. War es wegen Clarence? Ich kochte über!

»Krankenschwestern tratschen, Larry.«

»Und du hörst hin?«

Lila werkte weiter in der Küche herum.

»Das sind vertrauliche Dinge, die du da verbreitest.«

»Nicht, wenn es dich betrifft. Ich mach dir jetzt mal eine Schleimsuppe.«

»Wie gehts deinem Vater?«

»Schlechter als sonst.«

Es war kein Geheimnis, daß ihr Vater einen Schlaganfall nach dem anderen hatte. Er lebte jetzt drei Stunden entfernt in Hay River. Lila ließ Wasser in eine Kasserolle laufen und machte den Herd an. Ich erinnerte mich gut an ihren Vater. Eines Tages wollten wir ins Kino, Lila und ich. Ich trug mein Lieblingshemd, das aus roter Seide. Ich sah ziemlich schick und scharf aus. Viele ältere Frauen sahen mich in dem Hemd länger an als nötig.

»Bauch rein, Brust raus«, bellte Lilas Vater von der Veranda. »Wenn du meine Tochter abholen willst, dann halte dich gerade wie ein Mann.« Ich bemühte mich immer, ihm aus dem Weg zu gehen. Er gab zu gern den Soldaten, der er mal gewesen war. Seine Zimmerwände waren behängt mit Orden und Schwarzweißphotos.

Nach dem Kino behielt mich Lila in ihrem Keller – ohne Hemd, aber ziemlich gerade. Ohne Licht zu machen, hörten wir Radio. Lila weinte und wollte mir nicht sagen, wieso.

Wie hatte Jungle Lila überhaupt gekriegt? Wahrscheinlich mit Whisky. Wahrscheinlich hatte er sie dem Alten mit Whisky abgekauft. Ich vergaß es nie, dieses »Bauch rein, Brust raus«. Kein Ding weiter, aber es hatte mich doch genervt. Ein Mann – was hatte das heute eigentlich noch zu bedeuten?

»Und was ist mit dir und Jungle?«

Sie drehte sich weg. »Ich hab jetzt keine Lust, mich damit zu beschäftigen.«

»Na, komm schon«, drängelte ich. »Ich krieg heute kein Wort mehr über die Lippen, kann bloß noch zuhören, und ich sag keinem was weiter.«

»Das weiß ich.«

»Was war also mit deinen Brüdern?«

Sie entdeckte ein Päckchen mit Haferflocken.

»Sonnabend hab ich sie rausgeschmissen. – Brennen diese Kerzen hier für mich?« fragte sie halb im Spaß.

»Natürlich!« Ich spürte, wie was in mir hochstieg. Komm her, dachte ich, komm schon.

Das Wasser im Kessel fing an zu summen. Sie hängte zwei Teebeutel in die Tassen. Wo war die Tasse, die sie mir zu Weihnachten geschenkt hatte? Unten, leider unten. Sollte ich jetzt nach unten rennen? Und was war das bei mir da unten? Mir schwoll einer! Ich wollte Lila haben! Gott, wie lange hatte ich keine Frau mehr begehrt, wirklich begehrt? Wie sie auf ihren zierlichen Füßen vor dem Kühlschrank hockte und nach Sahne suchte! So süße kleine Füße!

»Wo ist der Zucker?«

»Steht vor dir, Baby.« Fuck, hatte ich das wirklich gesagt?

»Witzbold.« Sie lächelte. »Wo ist er wirklich?«

Ich wurde rot! Nicht zu glauben! Ich erhob mich vorsichtig, um ihr nicht zu zeigen, was mich behinderte. Jetzt fehlte mir ein Pullover, wie sie ihn hatte und wie Männer ihn trugen, wenn sie einen Bauch zu verbergen oder einen erfreulichen, allmählich schmerzenden Ständer hatten. Trickreich beugte ich mich vor und hielt mir die Wange.

»Deine Weisheitszähne, stimmts?« fragte sie voller Mitleid.

Ich nickte und hinkte zum Gewürzregal. Es zog in meinem Bauch, aber angenehm. Wann hatte ich das zum letztenmal gehabt?

»Lila, erinnerst du dich an das Buch, das du mal gelesen hast, in dem stand, daß ich am Tag des Problemlösers geboren bin.«

»Was für ein Buch?«

»Als du siebzehn warst. Als wir noch miteinander gegangen sind.«

»Und was ist damit?«

»An welchem Tag bist du geboren?«

»Jungle zum Beispiel ist am Tag des Herzensbrechers geboren.«

»Du – nicht Jungle!«

»Am Tag des Helden.«

Jetzt wurde ich rot. »Das glaub ich dir sofort.« Sie war ja Krankenschwester und half ihrem Vater heldenhaft. Ich sah, wie sie mich beobachtete. »Was ist?« fragte ich – aber sie wich meinem Blick aus.

Das Wasser fing an zu kochen. Ich schaufelte Zucker in die Dose. Auch das Wasser für die Haferflocken zischte schon. Mein Bauch rebellierte, abwechselnd heiß und kalt. Ich ging auf sie zu, aber sie drehte sich weg.

»Das Wasser kocht!«

Wie immer war ich fasziniert davon, wie weiß die Dene-Frauen ihre Socken bleichen konnten. Ich konnte das Bleichmittel riechen und blieb ihr immer auf den Fersen. Ich hatte große Lust, das Band in ihrem Haar zu lösen, damit es lang herunterfiel und ich es streicheln konnte. Ich stand jetzt hinter ihr und sah nach unten. Schwarze Strumpfhosen, weiße Socken. Ohne weiter nachzudenken, preßte ich mich an sie, lehnte mich vor und schob meine Hände unter ihren Pullover. Ich spürte ihre Anspannung, aber sie sagte kein Wort. Vielmehr nahm sie den Kessel und ließ das heiße Wasser in die Tassen laufen. Meine Hände wanderten höher und höher in Richtung ihrer Brüste. Sie trug ein Baumwollshirt unter ihrem Pullover. Im Vergleich zu damals hatte sie abgenommen. Ich umfaßte die warmen Kugeln und drückte mein Gesicht tief in ihre Haare. Es gab nichts, das sich so gut anfühlte.

»Lila«, flüsterte ich.

Sie stand stockstill. Jetzt fiel die Entscheidung. Ihr Haar kitzelte mein Gesicht. Ein schwacher Zimtduft von ihrem Hals stieg mir in die Nase.

»Ist das wirklich der richtige Ort für solche Sachen, Larry?« fragte sie mit sanfter Stimme. Sie mußte schon lange über das hier nachgedacht haben. Klar, daß ich sie nicht drängen mußte.

Ich nahm meine Hände zurück, blieb aber hinter ihr stehen und drückte meinen, sagen wir mal Unterleib weiter an sie.

»Willkommen zu Hause, Lila. Ich habe dich vermißt. Sehr vermißt.«

Und sie erwiderte meine Zärtlichkeit! Wir rieben uns aneinander, langsam, langsam, dann mit Kraft.

»Jeder kann uns durchs Fenster sehen.«

Ich sah mich um. Shit. Sie hatte recht. Jeder, der vorbeifuhr, konnte uns sehen.

»Du mußt was essen.«

Sie rückte zur Seite, weg von mir, und nahm die Schüssel mit dem brodelnden Wasser, in die sie die Haferflocken schüttete. Ich zog die Vorhänge zu.

Auf dem Anrufbeantworter blinkte eine Nachricht. Jemand hatte auf Mitschneiden gedrückt und alles aufgezeichnet, was die Leute in der Küche so geredet hatten.

»Sollte wohl ein Scherz sein«, sagte Lila.

Und wenn nun eine wichtige Nachricht gekommen war, die nun gelöscht war?

Sie rührte den Brei um. Wann hatte ich sie zum letztenmal auf einer Party getroffen? Vor zehn Monaten? Ich ging wieder auf sie zu.

Sie wollte mir immer noch nicht in die Augen sehen, hatte aber immer noch rote Wangen. Gutes Zeichen. Ich gab ihr eine Tasse Tee.

»Also – deine Brüder ...?«

Sie schob den Topf auf eine andere Platte. »Ich weiß nicht ...«

»Komm schon!«

»Im September war ich das letztemal hier, richtig? Da waren noch ein paar Rechnungen zu begleichen. Also gab ich Jungle meine Karte, um die Summe anzuzahlen ...«

»Shit«, sagte ich.

»Du weißt, was jetzt kommt?«

»Sag es!«

Sie senkte den Kopf. »Ich bin pleite! Er hat all meine Rücklagen aufgelöst und sogar mein Stipendium abgehoben. Hab ich angerufen, hat er nicht abgenommen, und als ich nach Hause gekommen bin, war keiner am Flughafen, weil ...«

»Warum hast du keinen von uns angerufen?«

»Das wäre bestimmt in Jungles Sinn gewesen! Zu

Hause war dann alles weg, der Kühlschrank leer – bis auf eine einzige Zwiebel.«

»Warum hast du keinen von uns angerufen? Clarence oder Rocko?«

»Ich habs eben nicht getan, okay?«

Das gab mir einen Stich.

»Weil ich sehen wollte, ob ich mich auf meine Familie verlassen kann, aber Shit! Ich bin ins Nichts gekommen! Ich hatte noch viertausend auf meinem Konto hier. Alles weg, samt Überziehung. Was will er mit dem ganzen Geld?«

»Ich hab keine Ahnung«, sagte ich, doch ich ahnte es nur zu deutlich.

»Ich komm nach Hause, keiner ist da, und dann noch die viertausend!«

Wir schwiegen. Ich fühlte mich immer beschissener.

»Es kommen auch wieder bessere Tage«, sagte ich schließlich.

»Tatsächlich?« fragte sie. »Ich bin seit vier Tagen hier und sehe, daß die Stadt am Ende ist, alles ist am Boden, die Leute sind ohne Hoffnung.«

Ich goß ihr Tee nach. »Zucker in deinen Tank?«

»Zwei Löffel! Und noch mal zwei. – Wird es noch mal besser werden, Larry?«

»Laß uns unten essen«, sagte ich. Die Sache wurde ernst. Unten gab es keine Fenster zur Straße. »Wir setzen uns vor den Kamin. Mir wird heute einfach nicht warm.«

»Die Haferflocken müßten auch fertig sein.«

Wir nahmen das Essen und gingen nach unten. Ich nahm auf der Couch Platz, sie im Doppelsessel. Bücherregal und Lautsprecher waren immer noch voller leerer Flaschen.

»Das kommt von der Anästhesie, die läßt dich nicht warm werden, Larry. Und von den Schmerzmitteln. Die verdünnen dein Blut. Was haben sie dir gegeben?«

Ich schob mir einen Teelöffel voll Brei in den Mund. War heiß, aber egal. Ich war zu hungrig. Wir hatten den Brei mit Milch und reichlich braunem Zucker angerührt. Fuck, ich würde kotzen müssen. Ich sah zu, wie sie ihren Tee trank. Und. Ich. Wollte. Sie.

»Toradol haben sie mir gegeben.«

»Ausgerechnet Toradol! Warum stehen sie bloß auf dieses Zeug?«

»Weiß ich nicht.«

»Mußtest du kotzen?«

»Und wie!«

»War Blut in der Kotze?«

»Ja, aber Doc Ock hat gesagt ...«

»Soll ich dir sagen, wie viele Menschen wir Woche für Woche sehen, die Blut rausbringen danach?«

»Sie haben mir gesagt, es war mehr Speichel.«

»Unsinn! Toradol hemmt zwar die Entzündungen, aber es greift deine Magenwände an.«

Ich wußte nicht, was ich dazu sagen sollte. Ich nahm noch mehr Flocken. Nach meinen ekelhaften Magenschmerzen war Lilas Haferschleim die reinste Wohltat.

»Und wenn du ißt, kommt dann alles wieder raus?«

»In dem Zettel stand ...«

»Das kommt auch vom Toradol. Es ist zu stark für dich. Zu Hause hab ich was Besseres.«

Sie kam zu mir und setzte sich neben mich. »Iß noch mehr.«

Ich hätte lieber das Thema gewechselt. »Iß du auch was.«

»Zeig mir die Packung, ich will die Dosis überprüfen«, verlangte sie, während sie ihre Schüssel holte.

Ich faßte in meine Brusttasche und reichte ihr die Packung. Die Hälfte der Pillen war schon aufgebraucht, zwei weitere Rezepte hatte ich noch in Reserve.

»Du hast viel zuviel genommen. Ich kann zu Hause anrufen und jemanden ...«

»Ich denke, du hast alle rausgeschmissen?«

»Ja, bis auf meine Nichte.«

Ich sah sie an. Sie rührte sich nicht.

»Ich ruf sie an. Sie kann uns Ibuprofen bringen und ein paar Tylenol und Gravol.«

»Die Flocken werden meinen Magen schon beruhigen.«

Sie gab mir die Pillen zurück. »Vielleicht später.«

Unsere Hände berührten sich.

»Was ist mit Spring, Larry?«

»Was soll mit ihr sein?«

Ich sah ihr so lange in die Augen, bis sie meine Hände wie einen Kaffeebecher in ihre nahm.

»Der Kaffee ist kalt«, sagte sie.

»Ja«, sagte ich. Sonst fiel mir nichts ein. Doch plötzlich fragte ich sie: »Was ißt du im Sommer am liebsten?«

»Wassermelonen und Erdbeeren. Und du?«

»Eis.«

»Schätze, du hast schon einer Menge Sterbender so die Hand gehalten«, sagte ich.

Sie drückte meine Hände. »Ich hab aber auch eine Menge Babys zur Welt gebracht.« Sie sah mir voll in die Augen. »Und ein paar Leben hab ich auch gerettet.«

Dann kam lange nichts. Würde sie gleich losheulen?

»Du bist steif in den Schultern, Larry.«

»Whoah, woher kommt das?«

»Bist du einsam, Larry?«

Ich sah zur Seite. Ein Schwall von Gefühlen überkam mich. »Ich bin so einsam, daß ich einem Büffel die Locken legen würde.«

Sie lachte laut los. »Guter Witz und guter Titel für einen deiner Songs.«

Ich versuchte, ihr nicht in die Augen zu sehen. Da sagte sie: »Und wenn wir einfach ins Bett gehen?«

Ich fing an zu schlucken. »Bist du sicher?«

»Ganz sicher.«

Neuer Schlucken. »Laß mich die Türen zuschließen und das Licht ausmachen, Lila.«

»Hier unten oder oben?«

Ich wollte mit ihr nicht in das Bett, in dem ich mit Spring rumgemacht hatte. »Was hältst du vom Bett meines Großvaters, oben? – Und du bist ganz sicher?«

»Ja, ganz sicher. Ich warte auf dich. Bring eine von den Kerzen mit und mach Musik.«

»Welche?«

»AC/DC?«

»Ich hab was Besseres.«

Jemand hatte eine Scheibe von Mariah Carey dagelassen, vermutlich Bonnie. Nein, die kam nicht in Frage. Ich wollte meine Lieblingsscheibe spielen. »Sleeps with Angels« von Young. Neil, dem kanadischen Engel. Ich drückte auf Play.

Lila verschwand nach oben, aber vorher tätschelte ich noch ihren Hintern. Endlich.

»Hey«, sagte sie.

»Was? Das ist mein Recht.«

»Dein Recht? Wer sagt das?«

»Paragraph acht und Paragraph elf des Indianerabkommens.«

Sie lachte. Ich grinste und rannte ihr nach. Aber was war mit dem Ofen? – Aus. Shit, shit, shit. Ich zog die Vorhänge zum Balkon zu, machte das Licht in der Diele aus und das Außenlicht, schloß die Rolläden vom Balkon und sah: Alle meine Pflanzen waren tot. »Hunde«, schrie ich. Die Jungs hatten versprochen, sie zu gießen. Doch jetzt war keine Zeit dafür. Mein Computer war an. Noch mal runter! Kondome ja oder nein? Würde sie darauf bestehen oder nicht? In meinem Zimmer waren welche.

»Ich bin gleich da«, rief ich nach oben. Sie gab keine Antwort. Neil Young sang mit seiner weichen Stimme über Bäume und Träume. Ich sah nach dem Computer. Keine Messages. Dann eben nicht. Ich schaltete den Monitor ab. Dann zur Eingangstür. Offen! Ich verschloß sie. Ich hatte ihnen doch eingetrichtert, daß sie die Tür verschlossen halten sollten – fuck! Ich lief in mein Zimmer, grabschte eine Handvoll Kondome, machte das Licht aus.

Was war mit Parfum? Vermutlich roch ich nach den

ganzen Schmerzmitteln. Da war das von Stetson. Clarence nannte es Hurenlockstoff. Ich sprühte es in die Luft und drehte einige Runden in der Duftwolke, wobei ich mir mit der freien Hand durch die Haare fuhr. – Versündigte ich mich? Quatsch! Gott würde ein Auge zudrücken, wenn es um so was Schönes ging.

Ich machte mein Schlafzimmerlicht aus, rannte in den Vorraum, machte das Licht aus, rannte durch mein Büro, machte das Licht aus, rannte zur Veranda und verschloß die Eingangstür. Ich rannte nach oben und sah die Hand vor Augen nicht. Die Kerzen! Shit. Alle runtergebrannt. Das Feuer brannte derweil gut, aber sein Licht reichte nicht weiter als zwei Fuß vom Ofen weg. Ich tastete wie blind herum. Schwarze Luft überall. Neil Young flog durch ein Gewitter fieser Gitarren, zu laut. Wie viele Stufen waren es nach unten? Sechs? Es waren sieben. Beinah rannte ich gegen den Stützpfeiler rechts, trotzdem fand ich die Stereoanlage. Ich drehte sie runter, um eine Winzigkeit.

Lila wartete. Shit! Und die Wunden! Der Doktor hatte mir Spritzen gegeben, um die Wunden nach dem Essen zu spülen. Aber die waren noch im Gepäck, und das Gepäck war noch nicht ausgepackt. Fuck it! Mach ich morgen.

Ich tastete mich zum Kaminholzstapel, griff mir zwei der größten Blöcke, tat sie in den Kamin. War die Verandatür zu? Egal. Wenn jemand kam, würde ich seine Schritte im Schnee knirschen hören. Was war mit den Leuten, die ich zu Chicklets geschickt hatte? Und wer hatte morgen Dienst? Auch egal. Aber was war mit der Seitentür gleich neben dem Holzstapel? Fuck it!

Ich betrat das Schlafzimmer oben mit einem wahren Lampenfieber. Ein Gefühl wie zu Weihnachten. Ich konnte Lilas Konturen unter der weißen Bettdecke erkennen.

»Lila?« Ich sog die Luft ein – sie fühlte sich kalt an.

»Hier bin ich, hier.«

»Ich werde die Zimmertür ein Stück auflassen, dann wird das Feuer uns von unten wärmen.«

»Sieh zu, daß du deinen Arsch hier reinkriegst. Ich zittere! Und was ist mit der Kerze?«

»Hier kommt sie. Sie braucht nur etwas Pflege.«

War sie nackt? Ich versuchte auf dem Boden etwas Leuchtendes zu erkennen wie einen weißen BH oder einen Slip. Ihre Jeans würde ich nicht ausmachen können, sie waren schwarz. Ich sah mich um. Nichts. Ich fing an zu frieren und ertastete die dicke handgemachte Überdecke, die ein paar Cree-Frauen meinem Großvater geschenkt hatten. Waren die Laken überhaupt sauber? Ich konnte nur hoffen, daß der beschissene Clarence nicht ausgerechnet hier Spring flachgelegt hatte. Ich sog die Luft ein – sie waren sauber.

»Mit oder ohne Mokassins?« fragte ich.

»Ohne natürlich«, schrie sie.

»Und wie soll ich dann den Halt finden, den ich brauch?«

Lilas Lachen war unverschämt laut und wunderbar klar.

»Ich hoffe, du hast deinen Schutzhelm dabei, könnte sein, daß du ihn brauchst.«

»Leere Versprechungen, alles nur leere Versprechungen«, kicherte sie.

Sie tastete nach mir und zog mich zu sich. Großer Gott, war sie süß. Und nackt! Jedenfalls teilweise. Ich legte mich neben sie, umarmte sie, preßte mich an sie. Sie deckte mich zu. Ich fuhr ihr über die Hüften. Sie trug noch ihren BH und ihren Slip. Ich konnte beides erfühlen, den Baumwollslip und den seidenen BH. Und wie ihr Haar duftete! Sie hatte es aufgemacht. Slip, dachte ich, was für ein herrliches Wort!

»Wo bleibst du?« fragte ich sie.

Ich griff nach ihr, küßte sie. Sie erwiderte meinen Kuß und nahm dabei mein Gesicht in ihre Hände. Ich sah Sterne! Meine Kiefer waren einfach noch zu empfindlich.

Lila setzte sich auf. »Tut mir leid, tut mir so leid!«

»Schon gut, schon wieder gut.« Es schmerzte entsetzlich.

Sie rollte sich auf mich und küßte meine Stirn.

Ich machte meinen Gürtel auf, den Reißverschluß, zog mir irgendwie die Hosen runter. Und sie küßte mich und küßte mich. Ich versuchte hinterherzukommen, aber zugleich mußte ich meine Hosen über die Knöchel kriegen und dazu noch die langen Unterhosen, die sich zwischen meinen dicken Wollsocken und den Knöcheln verknäulten. Fuck! Ich haßte diese Dinger. Dazu mußte ich die Beine anheben, wobei Lilas Slip mit meinen Hüftknochen in Berührung kam. Er war heiß und feucht.

»Noch nicht, Baby, warte noch«, flüsterte ich.

Ich zerrte mit beiden Händen an meinen Knöcheln herum, während Lila mein Ohr leckte und mit ihrer Zunge in die Muschel fuhr.

»Larry.« Sie hielt mein Gesicht, so zärtlich sie konnte. »Larry.«

Bingo, geschafft! Endlich waren Hosen, Unterhosen und Wollsocken unten. Ich strampelte sie weg. Lila knöpfte mein Hemd auf und half mir, es abzulegen. Das T-Shirt darunter zog sie mir über den Kopf. Meine Hände waren endlich frei, und ich griff mir ihren Hintern. Fest war er, die reinsten Muskeln. Jetzt den Slip. Ich zog ihn mit einem Ruck zwischen ihre Hinterbacken, so daß er wie eins dieser Dessous von Victoria's Secret aussah, nach denen Spring immer schielte. Die Glut zwischen ihren Schenkeln war unglaublich. Lila hakte sich selbst den BH auf. Er flog zur Seite. Ich richtete mich auf und klatschte ihr auf den Hintern, laut und glockenklar. Ich lachte.

»Warum tust du das?«

»Fühlt sich so gut an.«

Sie machte das gleiche mit mir.

»Wofür hab ich das verdient?«

»Weil du so lange gebraucht hast«, erklärte sie.

Ich versuchte ihr Gesicht in der Dunkelheit zu erkennnen. Sie meinte es ernst, sie hatte richtig gewartet. Jetzt küßte sie mich feurig, aber vorsichtshalber benutzte ich meine Zunge nicht; hatte Angst, sie könnte mein Blut schmecken. Sie zog sich den Slip vom Leib und lag völlig nackt und heiß an mir. Ich ergriff ihren Hintern, drückte ihn auseinander und ertastete sie mit meinem Mittelfinger. Ich spielte mit der Nässe, auf die ich stieß. Und *wie* naß sie war! Selbst ihre muskulösen Schenkel waren feucht.

Sie bohrte ihren Kopf in meine Achsel. »Larry!«

»Komm!« sagte ich und gings an. Inwendig war sie so naß und eng, daß ich mich für eine heilige Sekunde fragte, ob ich durch die richtige Pforte kam. Ich kam ihr entgegen, den ganzen langen Weg. Mit jedem Stoß wieder. Bis. Der. Brand. Einsetzte.

»Nein, nein, nein«, stöhnte ich und zog mich zurück. »Ich komme!«

»Dann komm doch!«

»Nein, du zuerst!«

»Alright«, sagte sie, und mit überraschender Kraft legte sie mich auf den Rücken, um sich über mich zu spreizen. Sie griff meinen Schwanz mit sicherer Hand und stülpte sich drüber bis zum Anschlag.

»Oh, fuck.« Sie stützte sich auf meiner Brust ab, und ich fuhr über ihre Arme. Wie sich ihr Körper aufbäumte! Wie ihre Haut sich straffte! Welche Schauder sie überliefen!

Sie griff nach meinen Schultern und preßte sich so hart an mich, daß sie mich beinah verlor, aber dann packten ihre Muskeln zu.

»Lila«, seufzte ich. »Mein Gott.«

Und dann legte sie richtig los. Wie sie mich ritt! Was für ein Galopp! Wie eng sie war! Wie heiß! Wie feucht! Meine Augen hatten sich an die Dunkelheit gewöhnt, und ich konnte ihre Schenkel sehen, ihre Raketen! Ich legte meine Hände auf ihren Bauch. Auch ihr Magen und ihr Brustkasten strömten eine unglaubliche Hitze aus. Wir küßten uns, und Lila schrie: »Fuck, Larry, komm jetzt, komm!«

Sie ritt mich so scharf, daß ihre Brüste aneinanderschlugen. Ich hielt ihren Hintern, und sie ritt mich noch schärfer, ihre Zunge war die ganze Zeit in meinem Mund, und sie griff mir bei alledem noch zwischen die Beine. Sie war trainiert. Ihre kräftigen Schultern, ihre Arme turnten mich an. Wie ihr Hintern bei jedem Stoß Gänsehaut bekam! Und wieder setzte der Brand ein.

»Warte«, keuchte ich. »Warte! Ich bin kurz davor!« Schnell zog ich ihn raus und quetschte ihn zusammen.

»Es geht zu schnell.«

»Wie willst du mich«, fragte sie.

»Leg dich einfach auf mich.«

Sie gehorchte und bedeckte mich völlig mit ihrem Körper. Ihr weiches Haar fiel über uns. Es roch wie Schnee, Schnee auf Fichten. Sie schwitzte bis hinter die Ohren. Ich leckte den Schweiß weg, sie fröstelte. Mit meiner Zunge in ihrem Ohr drängte ich sie in die Bettecke. Das gefiel ihr. Sie stöhnte, schauderte und ächzte. Wie lange hatte sie eigentlich gedarbt? Wie lange hatten wir beide gedarbt?

Sie flüsterte etwas in mein Ohr, das ich nicht verstand.

»Was sagst du?«

»Nichts, was dein Herz nicht schon weiß«, sagte sie und küßte mich.

Ein Song klang aus. Bis zum nächsten herrschte eine Weile Stille.

»Komm auf mich!« sagte sie. »Ich will, daß du kommst.«

»Ich hab Kondome.«

»Laß sie weg, Larry. Ich will nichts zwischen uns.«

Und Jungle? Fuck Jungle! Ich schob mich über sie, und sofort fing sie wieder an, an meinem Mund zu saugen. Sie nahm ihre kräftigen Schenkel auseinander und zog mich mit einem Griff in sich. Ich ließ es langsam angehen und verlagerte mein Gewicht auf meinen linken Arm, mit dem rechten fuhr ich über sie, befühlte ihre weichen Brüste und streichelte ihren Bauch. Zuerst kitzelten ihre Brustwarzen meine Brust, dann streichelten mich ihre Brüste.

Ich glitt in sie und schob je eine Hand unter ihre Arschbacken. Ich fing an, so schnell zu pumpen, wie ich konnte. Sie folgte mir. Ich küßte sie und kitzelte ihre Lippen mit meiner Zunge. Sie wurde lauter und lauter und lauter und verlor sich ganz und gar. Ihre Beine schlossen sich um mich. Wir bewegten uns im gleichen Rhythmus. Ich konzentrierte mich jetzt ganz auf mich selbst – bis zum Brennen, dem anwachsenden Feuer. Herrgott, ihre Geräusche! Unbeschreiblich! Und laut! Als sie kam, wieder und wieder kam, konnte ich ihren Puls mitten in ihrem Körper fühlen. Sie harkte mit ihren Fingernägeln über die Brandnarben auf meinem Rücken, und als ihre Nässe über meine Schenkel floß, hätte sie mich beinahe ausgestoßen. Doch ich pumpte weiter, bis ich spürte, wie es mir kam. Ich nahm mich zurück. Sollte ich jetzt nicht aufhören und zurückziehen?

»Komm! Weiter! Ich fühl es!«

Oh mother. Ich kam und kam und kam. Lila drückte mich mit ihren verschränkten Schenkeln in sich. Ihr Schrei war der meine, als ich mich in sie ergoß, und die heiße Welle der Erfüllung ging durch meinen Körper – mal langsamer, mal schneller. Wechsel von Ebbe und Flut. Ich fing an zu lachen, unaufhörlich zu lachen. Ich mußte vor lauter Lachen mein Gesicht in das Kissen drücken. Sie, unter mir, sah zu mir auf. Sie umarmte mich und rieb zärtlich meinen Rücken.

»Laß dich gehen. Laß dich gehen!«

Sie glaubte, daß ich weinte! Aber ich lachte doch! Und ich fühlte mich vollkommen frei.

Für den Bruchteil einer Sekunde dachte ich daran, wie viele Frauen auf der Welt in diesem Moment ihre Männer so hielten, ihnen den Rücken streichelten und auf die Empfängnis warteten.

»Bleib. Bleib in mir«, flüsterte sie.

Und das tat ich. Ich lag fest auf ihr, fing mich nur wenig ab, damit sie atmen konnte. Ich küßte sie und fühlte mich weich und offen, und sie küßte mich und griff meinen Hintern und preßte ihn. Ich hörte sie lächeln.

»Gott, wie lange ist das her.«

Ich küßte sie wieder und wieder und wieder. Und sie küßte mich zurück. Ich fühlte, wie befreit sie war, und das fühlte sich gut an. Und. Ich. Wollte. Sie. Erneut. Und fing an, sie zu streicheln.

»Halt mich nur. Wie jetzt.«

Das tat ich, so fest und so sachte ich konnte. So schaukelten wir zusammen.

»Lila. Lila.«

»Larry. Larry.«

Wir lachten leise. Wieder küßte ich sie, und sie fuhr mir sanft über meine Brust und küßte meinen Hals und ich ihren. Waren das Tränen auf ihrer Haut?

»Lila?« Ich wollte mich aufrichten, aber sie hielt mich fest.

»Bleib so. Ich bin so glücklich. Haben wir die Welt nicht in den Schatten gestellt?«

Ich blieb auf ihr, und in meinen Armen fiel sie in den Schlaf. Warm und unglaublich liebevoll. Das geb ich nicht wieder her, dachte ich. Ich küßte sie sehr zärtlich. Nie wieder geb ich das her.

Noch immer lief die Musik. Viel zu laut, dachte ich, viel zu laut.

Ich riß die Augen auf. Wie lange hatte ich geschlafen? Die Musik war aus. Ich konnte Lilas Atem an meinem Ohr spüren. Der Fußboden knarrte. Ein Geruch war im Raum. Leder? Fichtennadeln? Ein Stück Faden in meinem Mund hatte sich gelöst. Ich beförderte es mit der Zungenspitze an die Lippen. In einem Klumpen Blut und Speichel spuckte ich den Faden aus. Er fühlte sich an wie ein winziger Fischknochen, und er sah auch so aus.

SNICK! Ein Blitz flammte auf. Licht blendete mich. Ich setzte mich auf. Aus dem Wohnzimmer kam jemand. Eine Silhouette. Jungle! Er stand vor mir. Er hatte eine Pistole in der Hand, und neben ihm war noch einer. Clarence! Jungle trat vor, griff mein Gesicht, preßte es zusammen. Ich richtete mich zum Kampf auf – aber mit einem Pistolenlauf in meiner Nase? So drückte mich Jungle aufs Bett zurück.

»Nein«, schrie Lila. Das Zimmerlicht ging an. Ich stöhnte vor Schmerz. Es war eine Neunmillimeter – eine halbautomatische, wie ich wußte. Sie würde so schnell feuern, wie Jungle seinen Finger bewegen konnte, und Clarence stand neben ihm.

Lila drehte sich zu mir. Sie umarmte mich, so fest sie konnte.

»Oh, mein Gott.«

»Ach, ach, ach – ist das nicht schön hier«, sagte Jungle.

Clarence trug eine nagelneue Lederjacke. Im Raum sammelte sich Kälte. Jungle hatte einen neuen Haarschnitt.

Wo blieb Rocko?

»Take it easy, Larry«, sagte Clarence. »Aber ich werde nichts gesehen haben, falls Jungle abdrückt.«

Jungle hielt mir den kalten schweren Lauf an die Wange. Ich konnte keine Bewegung machen, so sehr krallte sie sich in meinen Arm. Wann, verdammt noch mal, waren sie ins Haus gekommen? Shit! Die Vordertür! Clarence hatte den Schlüssel.

Jungle starrte uns alle wie irr an. In meinem Mund sammelte sich Blut. »Wie kommst du plötzlich her?«

»Per Truck.«

Clarences Augen flitzten hin und her, links, rechts, in die Mitte.

Lila schrie: »Was willst du mit der Pistole?« Sie zog mich fester an sich.

»Wir wollen dir ein Geschäft vorschlagen«, sagte Jungle. »In deiner Lage wirst du zuhören, schätze ich. Oder glaubst du, daß irgendein Richter im Land mit dem Gesetzbuch nach mir werfen würde? Ich würde immer auf vorübergehende geistige Abwesenheit plädieren, weil ich euch so vorgefunden habe.«

Ich setzte mich auf. »Das habt ihr doch geplant!«

»Bleib ruhig, Jungle. Bleib ruhig«, sagte Clarence. Er beobachtete Jungle höchst nervös.

Dieser trat zurück und ließ die Pistole sinken. »Hör zu, Larry!« sagte er. »Denk mal an das, was wir alle zusammen in letzter Zeit gemacht haben. Irgendwann kommt man dabei auf die eine oder andere Idee.«

In der obersten Schublade meines Nachtschranks lag ein gewaltiges Adlermesser, nur wenige Inches entfernt. Aber es steckte in einer Scheide, und die war mit einer Schnalle verschlossen. Ich hatte offenbar keine Chance.

»Ich höre.«

»Und die Idee lautet«, fuhr Jungle fort, »du hüpfst in mein Auto, mit *meinem* lieblichen Weib, das du gerade flachgelegt hast, und schaffst dich selber aus der Stadt. Ihr zwei laßt euch hier nie wieder sehen. Dein Geld behalte *ich*, und ich übernehme das Geschäft. Das ist es, kurz gesagt.«

Lila ließ mich los und setzte sich auf. »Was soll das alles?«

»Du halt den Mund, Lila«, sagte Jungle.

Ich umarmte sie. Etwas war passiert. Etwas war passiert, und das war mir gar nicht unrecht.

»Lila«, sagte ich, »wir müssen ihm zuhören. Wir sind in seiner Hand.«

»Großer böser Larry, was sagst du dazu? Meine Frau will mich nicht mehr, und ich will sie nicht mehr …« Stille trat ein. Lila widersprach nicht. »Clarence hier ist scharf auf deine kleine Freundin Spring. Ich glaube, er will sie F.I.C.K.E.N. Richtig?«

Ich sah Clarence an. »Hast du schon, Clarence?«

Clarence schlug die Augen nieder. »Larry …«

Ich brauchte nicht weiter zu fragen.

»Und was wird aus meinem Job«, fing Lila an. »Ich kann doch nicht ...«

»Du hast zwei Jahre für deinen Job vertan! Es gibt kein verdammtes Instrument, das du nicht bedienen kannst! Du solltest kein Problem haben, überall einen Job zu finden.«

»Ich bin gerade erst zurück.«

»Na und? Sie haben auch ohne dich überlebt. Ich will dich in der Stadt nicht mehr sehen!«

Ich dachte nach. Ich hatte immer noch die Kontakte nach Hay River, Schuldverschreibungen, Frankie, Tough, Junior.

»Was hast du vor?« fragte Lila. »Jungle? Was hast du ...«

»Ich will der King sein«, sagte Jungle. »Ich habs satt, immer nur die zweite Geige zu spielen. – Im Süden wärt ihr längst tot.«

Mir fielen die Dragon Boys ein. »Im Süden«, stellte ich fest, »wären wir alle längst tot.« Ich dachte an meine Fonds, Rücklagen, Landbesitz. Ich atmete aus. Ich brauchte nur meine Außenstände einzusammeln.

»Kann Jungle das?« Lila setzte sich auf und zog die Bettdecke bis unters Kinn. »Kann er dich ersetzen?«

Ich überlegte. Sie suchte nach meiner Hand. »Ich hab keine Ahnung«, sagte ich.

»Ich kann das«, behauptete Jungle. »Clarence wird mein zweiter Mann sein.«

Alle sahen Clarence an, der verlegen grinste und mit einem Fichtenzweig in seiner Hand spielte.

»Bis er sich eines Tages über deine Freundin hermacht.«

»Das mußt du gerade sagen, Larry«, konterte Clarence.

Überraschenderweise fingen wir alle an zu lachen. Ein nervöses Lachen, aber ein Lachen. Außer Lila. Sie schüttelte den Kopf und legte sich zurück.

»Ich kann es einfach nicht glauben«, sagte sie immer wieder. »Ich kann es einfach nicht glauben.«

Aber ich war begeistert! Besser hätte es nicht kommen können.

»Was willst du eigentlich mit diesem Zweig?« fragte ich Clarence.

»Tee machen. Wenn wir einen Deal haben, mach ich uns Tee.«

Ich fiel aus allen Wolken. »Tee?«

»Fichtentee, starke Medizin«, erklärte Jungle. »Und wir helfen euch außerdem packen.«

»Ja«, sagte Clarence. »Und im Haus werden wir nur so lange bleiben, bis dein Großvater zurückkommt.«

Ich schüttelte den Kopf. »Er will das Haus nicht mehr. Das wißt ihr doch.«

»Dann kaufe ich es für mich selbst.«

Ich sah ihn ungläubig an.

»Jungle«, sagte Lila, »dazu fehlt dir …«

»Mir fehlt nichts. Hand drauf?«

»Und was wird mit meinem Zeug?« fragte Lila.

»Wenn wir hier mit Packen fertig sind«, bot Jungle an, »fahren wir zu uns rüber und packen alle deine Sachen.«

»Das Haus gehört mir«, stellte Lila fest.

»Ich verkauf es. Du kriegst das Geld per Post.«

»Und mein Geld?« fragte ich.

»Darüber müssen wir noch reden, aber ich glaube, mein Vorschlag bringt dir mehr als genug Vorteile. Ich könnte dein Geld auf dein Konto zurückzahlen.«

»Ich nehme an, alles finanziert durch die verdammten Spielautomaten.«

Jungle grinste. »Das ist nicht mehr dein Job.«

Ich machte auf die Schnelle eine Bilanz. Ich hatte noch fünftausend Dollar oben im Elchkopf versteckt … dann war da der Safe … dann hatte ich noch Geld vergraben draußen, wo meine Fallen standen, und bei meinem Großvater in der Hütte war auch noch etliches.

Auch ich konnte immer noch nicht glauben, was passiert war. Würde Snowbird das Haus verkaufen wollen? Sicher, er würde. Mein Gesicht fing an, vor Schmerz zu zittern – all der Druck und all die Aufregung entluden sich.

»Er sieht völlig grün aus«, sagte Jungle. »Wo sind deine Pillen?«

Ich zeigte auf den Boden. »In meinem Hemd.«

Clarence kniete sich hin und fand sie in der Brusttasche.

»Willst du?«

Lila wandte ein: »Besser nicht. Ich hab andere zu Hause. Auf dem Regal im Bad, neben der Seifenschale. Er braucht T 3, Gravol und Ibuprofen.«

Wir sahen Clarence an, der sagte: »Ich kann gehen und …«

»Okay«, nickte Jungle, »aber nur, wenn Larry unserm Deal zustimmt.«

Clarence seufzte und blieb.

»Ihr Jungs«, sagte ich, »habt euch doch schon lange gegen mich verschworen.«

»Gegen uns«, sagte Lila.

»Ihr dürft uns nicht für blöd halten«, sagte Jungle und schob die Pistole sorgfältig in seine Hose. »Wir sind kein Kaffeekränzchen.«

»Es ist alles wegen der Viets, oder?« fragte ich.

»Du hast uns nicht an sie rangelassen«, hielt Jungle mir vor.

»Aber es muß sein«, warf Clarence ein. »Es ist unsere Stadt. Unser Territorium. Wir haben ihnen mehr gegeben, als wir mußten, sie aber wollten alles. Und sie gehen nicht weg ...«

Sie warteten auf eine Antwort von mir. Ich dachte nach. Mir mußte etwas einfallen, ein Argument, eine Idee, an die sie sich halten konnten.

»Wir können sie uns greifen«, sagte Jungle. »Es gibt nichts Besseres als ein mächtiger Tritt in ihre gelben Ärsche.«

Shit, dachte ich, er hat böse Augen.

»Aber kein Uran!« Ich sah Clarence an. »Ihr versprecht mir, daß ihr dieses Zeug nie einsetzt, gegen wen auch immer.«

Clarence sah Jungle an, der gab seine Zustimmung.

»Top.«

Ich starrte auf die Waffe, die Jungle in seinen Hosenbund gesteckt hatte.

»Ich nehme an, du hast mehr als eine von diesen Dingern gekauft?«

Jungle nickte. »Genug.«

»Jungle«, sagte Lila, »was hast du bloß vor?«

Während Jungle und Lila weiterdiskutierten, sah ich den Süden vor mir – die Zukunftswerkstatt des Landes. Die Jungs in Schlips und Kragen, die da einsam im Red Robin saßen und Tag und Nacht nur an das Geld dachten, das sie verdienen konnten …

Ich blickte mich nach Lila um. Sie war aufgestanden und zog sich ihren Slip an. Was für ein herrlicher Hintern. Clarence schaute respektvoll zur Seite. Ich zwinkerte ihr zu. Sie sah mich an, und ich begriff, daß sie darauf wartete, was ich für uns beide entscheiden würde.

Tag des Helden … Tag des Problemlösers … Haben wir die Welt nicht in den Schatten gestellt? Und Großvater da draußen im Busch … Es wäre wohl nötig, ihm ein paar Sachen zu bringen. Benzin, Tabak.

Ich schüttelte den Kopf.

»Ich brauche mehr als einen Tag, um zu packen und mich zu verabschieden. Und mit den Jungs müssen wir auch reden, um ihnen alles zu erklären.«

»Ich auch«, sagte Lila. »Ich brauch mehr als ein paar Tage, um allen alles zu erklären.«

Jungle streckte uns die Hand hin. »Okay, so lange, wie wir glauben, daß zwei Leute brauchen, um die Stadt zu verlassen.«

Ich sah Lila an. »Sag ja«, signalisierten ihre Augen. »Wer will Rührei mit Schinken?« fragte sie.

Wir drei Männer sahen sie an. Rührei mit Schinken?

»Macht, was ihr wollt«, sagte sie.«Ich rühr keinen Finger ohne was im Magen.«

Wir grinsten, auch Jungle. Clarence zog mich aus dem Bett. Die frischen Fichtenzweige in seiner Hand rochen intensiv und gut. Ich sah Lila an. Das würde es sein: Sie und ich auf dem Highway, und hinter uns die Dämmerung zwischen den Bäumen von Smith.

Ich gab Jungle die Hand. »Na schön, wenn ihr uns aus der Stadt raushaben wollt, dann sollten wir damit anfangen.«

Ich sah auf die Uhr. Es war fünf Uhr achtzehn morgens. – Ola!